徳間文庫

傀儡《くぐつ》に非《あら》ず

上田秀人

徳間書店

目次

第一章

一

灯油や蠟燭《ろうそく》は金がかかる。

そのために宴席は昼間におこなわれるのが、慣例であった。だが、池田右衛門尉《いけだうえもんのじょう》長正《ながまさ》の急死を受けその養子池田筑後守《ちくごのかみ》勝正《かつまさ》の家督相続を祝う宴は、夕刻から始められた。

夕刻から始まる宴席は、日が暮れてからが本番である。大量の蠟燭や灯明を使う。灯《あか》りには宴席に用意される酒や料理と代わらぬ費用がかかる。

宴席を二回開くだけの金を一度につぎ込む。長正の跡を継ごうとする者は、こうして武とは違った力を見せつけようとしていた。

しかし、この宴席を催した池田勝正の目的は違っていた。

池田勝正は己の家督相続に反対した宿老二人を、この場で粛清するつもりだった。

摂津その一郡のほとんどを支配する池田家は、畿内《きない》を制圧している三好《みよし》家の寄騎《よりき》である。もともと管領細川《かんれいほそかわ》家の被官であったが、三代前の池田信正《のぶまさ》を細川晴元《はるもと》が切腹させたことで三好へと旗を変えた。だが、信正の跡を継いだ長正の活躍で摂津をほぼその手中にしたが、その長正が急死してしまった。

長正が跡目を指名していなかったこともあり、池田家は二つに割れた。

一つは勝正を推す荒木信濃守義村《あらきしなののかみよしむら》を始めとする武将たち、もう一つが宿老池田勘右衛門尉正村《かんえもんのじょうまさむら》、池田山城守基好《やましろのかみもとよし》の推す長正妾《しょうふく》腹の子池田孫八郎であった。

幸い、池田孫八郎が若年で乱世を生き抜くには経験が浅いとして、大きな内紛にはならず、勝正が家督を継げた。とはいえ、このまま勝正と敵対した二人の宿老を放置はできなかった。

勝正は孫八郎と違い、長正の血を引いていなかったからだ。家から考えれば、勝正は亜流であり、孫八郎が本流である。いつ、家中に本流を当主として迎えるべきだという論が起こらないともかぎらない。

なんといっても、池田四人衆と呼ばれる一門宿老の力は大きい。

本流を重んじ敵対している池田勘右衛門尉と池田山城守に対し、残り二人は勝正に与《くみ》していた。これは孫八郎が若いうえに、病弱だったためである。いつ死ぬかわからない当主を担ぎあげるより、傍系でも武将として才を見せている勝正をいただいたほうが得だとの考えによっている。もし、孫八郎が健康になるか、あるいは傍系でも、勝正より本流に近い者が台頭してくれれば、状況は変わりかねない。なにせ、四人衆は何度も婚姻を重ねてきた近い親戚《しんせき》同士なのだ。

四人衆が敵に回る。地盤の弱い勝正にとってまさに悪夢であった。そこで勝正は、その中心となる二人の宿老を後顧の憂いとして断つつもりでいた。

問題は討手《うって》であった。

乱世である。宿老と呼ばれる連中も武芸に秀でている。とくに池田勘右衛門尉の膂力《りょりょく》は近隣にまで鳴り響いており、討手を引き受ける者が居なかった。

「わたくしにお任せくださいませ」

勝正に与した武将が集まって鳩首《きゅうしゅ》を繰り返していたとき、手を挙げた者がいた。

「誰じゃ……弥介《やすけ》か」

勝正が確認した。声を挙げたのは勝正を跡目に推した中心人物、荒木義村の嫡男弥介村重《むらしげ》であった。

村重は義村が歳老《とし》いてからできた唯一の男子である。天文《てんぶん》四年（一五三五）の生まれでこの永禄《えいろく》六年（一五六三）で二十九歳になる。なんどか戦場も往来し、敵将と一騎討ちの経験もあった。また、敵を目の前にしていきり勃《た》った逸物《いちもつ》を出し、堂々と放《ほう》尿《にょう》したこともあるほど剛胆の者として知られていた。

「できるのか」

「命に替えましても」

危惧《きぐ》した勝正に、村重が胸を張った。

「大事ないのか」

勝正が村重の父荒木義村を見た。

「なにとぞ、愚息めにお命じくださいませ」

荒木義村も頼んだ。

「……わかった」

少しだけ悩んだ勝正が、うなずいた。

「どうやる。討手の軍勢を出すか」

池田勘右衛門尉も池田山城守も池田家の宿老であると同時に、土豪としていくつかの村を支配している。それぞれの本拠には堅固な造りの館《やかた》があり、数十人の兵が詰めていた。攻めるとなれば、百をこえる手勢が要った。

「いいえ。わたくし一人で」

「どうするというのだ」

首を左右に振った村重に勝正が驚いた。

「お願いがございまする。宴を催し、勘右衛門を誘い出していただきますよう」

「酒で潰《つぶ》すつもりか」

求める荒木村重に勝正が確認した。

「いいえ。勘右衛門も油断はいたしておりますまい。近づくだけでも用心いたしましょう」

荒木村重が首を振った。

当主に反対したのだ。結果として引いて恭順したとはいえ、このまま無事ですむとは思っていない。

「ではどうすると申すのだ」

詳細を話せと池田勝正が言った。

「宴席を夜にしていただきたく」

「夜に……蠟燭を用意せいと」

灯りの費用を考えた池田勝正が渋い顔をした。

「はい。昼日中では刀を持って近づけませぬ。すぐに見つけられてしまいましょう。夜ならば、暗がりを利用すれば、太刀を抜くまでは隠せまする」

「闇《やみ》を使うというわけだな」

「はい」

荒木村重がうなずいた。

「……それしか手はないようだ」

少しだけ考えた池田勝正が認めた。

「見事してのけよ」

池田勝正のこの言葉が、宴席の始まりであり目的であった。

酒が入れば、座が乱れるのはどこでも同じである。

最初、当主勝正を上座にその左右に四人衆の池田勘右衛門尉や池田山城守たちが腰を下ろし、その下座に二十一人衆と呼ばれる部将たちが控えるという宴会は、まず二十一人衆が秩序を崩壊させた。

「先日の戦いぶりはお見事でござった」

「いやいや、貴殿の槍《やり》こそ、畏《おそ》れ入る」

席次を無視し、戦場で肩を並べた部将たちが酒を酌《く》み交わし始めた。

「おめでとうございまする」

酒を飲んだことで少し気がほぐれたのか、池田山城守が勝正へ祝意を述べた。

「うむ。皆のお陰で、余が池田を継げた。いろいろあったが、これからも余を支えてくれよ。四人衆こそ、池田の要《かなめ》である」

「かたじけなきお言葉でございまする」

過去は水に流し、これからも頼りにしているという勝正に、池田山城守が感激した。

「勘右衛門も頼むぞ」

「……はっ」

池田勘右衛門尉も盃《さかずき》を一度置いて、頭をさげた。

「まあ、飲め」

勝正の指示で控えていた近習《きんじゅ》が瓶子《へいじ》を取り、池田勘右衛門尉へ酒を注《つ》ごうとした。

「あいや、その役目、是非わたくしめに」

もっとも下座にいた荒木村重が、名乗りを上げた。

「摂津きっての豪の者と名高い勘右衛門尉さまのお流れをいただきたい」

「勘右衛門の武勇にあやかりたいと申すか。若武者として殊勝な心がけじゃ。許す。

参れ」

村重の願いを勝正が許した。

「ありがたし。ただちに」

喜んだ体で村重は、上座へ向かって駆けた。

「うれしいからといって、はしゃぐな弥介」

あきれた顔で池田勘右衛門尉がたしなめた。

「許してやれよ、勘右衛門。若さゆえの邪気なさよ」

村重を叱《しか》った池田勘右衛門尉を勝正が宥《なだ》めた。

「若者の態度をたしなめるのは、先達《せんだつ》の役目でございまする」

声をかけられた池田勘右衛門尉が、主君へ答えるため一瞬村重から目を離した。

「謀叛人《むほんにん》、覚悟」

背後に隠し持っていた太刀を、村重が抜き放った。

「……謀ったな。痴《し》れ者め」

池田勘右衛門尉が勝正を睨《にら》んだが、すでに村重の間合いであった。

「ぎゃっ」

真っ向から額を割られて、池田勘右衛門尉が即死した。

「ひ、卑怯《ひきょう》な」

次は己の番だと気づいた池田山城守が、立ちあがろうとした。

「死ね」

勝正の背後に控えていた近習が、池田山城守に襲いかかった。

「こいつ」

宴席である。太刀を帯びてはいない。かろうじて守り刀を抜き一撃を受け止めた池田山城守だったが、抵抗もそこまでであった。

「おのれっ」

守り刀ごと手首を切り落とされ、そのまま突き殺された。

「騒ぐな」

事情を知らされていなかった二十一人衆の一部が、腰をあげようとしたのを、勝正が制した。

「余の命じゃ。不足ある者だけ、立つがいい」

勝正が告げた。

「…………」

血まみれの太刀を手にした村重が、勝正を守るように位置を取り、蠟燭の明かりを受けた太刀が鈍く光った。

「……つっ」

「………」

部将たちが黙った。

平然としている部将が何人もいるのも、座を鎮める役に立っていた。この粛清が勝正と荒木だけの独断ではないと知らしめているからであった。

「余に刃向かった勘右衛門を一刀で唐竹割にするとは、天晴れな太刀であった。弥介、褒めてつかわす」

逆らう者がいないことを見届けた勝正が、村重を称賛した。

「過分なお言葉でございまする」

太刀を背後に回し、村重が平伏した。

二人を討ってことは終わりではなかった。池田山城守、池田勘右衛門尉の一族や家臣たちも片付けておかないと、後々の禍根となる。

池田勝正はただちに兵を出し、二人の館を襲わせた。

「そなたは残れ。疲れたであろう」

勝正は村重の追撃参加を認めなかった。

「疲れてなど……」

「弥介」

加わりたいと願った村重を、父義村が抑えた。

「なぜでござる」

勝正の前から下がった村重が、父に詰め寄った。

「我慢せい。これ以上手柄を立てるのはまずい」

義村が村重をなだめた。

「勝正の殿を担ぎあげただけでなく、邪魔者の勘右衛門尉を討ち取った。短い間に荒木は二度も功績を立てている。新参の荒木が、これ以上目立っては、譜代の者たちの反感を買う」

「乱世に譜代も新参もございますまい。手柄を立てて家を大きくしていく。それが武将というものでございましょう」

若い村重は血気にはやっていた。

「たしかにそうだ。だが、それによって荒木は一度滅びかけた。そなたも知っているはずだ。祖父の話を」

「大蔵丞《おおくらのじょう》高村《たかむら》さまでございますか」

「そうだ。そなたが生まれる前に亡くなられたゆえ、よくは知るまいがの」

義村がうなずいた。

「そなたは荒木が、丹波《たんば》の出だと知っておろう」

「はい。丹波の国主波多野《はたの》の一門だと」

村重が答えた。

「うむ。では、なぜ荒木は丹波におらぬ。国主の一門として、一城を預かっていて当然であろう」

「わかりませぬ」

問われた村重が首を左右に振った。

「反したからよ。今の波多野本家にな」

「えっ」

父の言葉に、村重が驚いた。

「高村は、管領細川高国《たかくに》さまに与し、波多野本家と戦った」

「なぜそのようなまねを」

村重が問うた。

「荒木こそ、波多野の本家だからよ。荒木は藤原秀郷《ふじわらひでさと》公の流れを汲《く》む名門でな。まだ波多野が因幡《いなば》の国にあったときに、乞《こ》われて養子を出した。その子孫が、丹波に移り住んで勢力を伸ばし、一国を領するまでになった。そして荒木はいつの間にか、波多野の本家筋でありながら、家臣に落ちぶれた。それが祖父高村は辛抱できなかったのだ」

義村が語った。

「丹波を領していた波多野も代を重ねていくうちに、勢力を失い、ついに管領細川家の配下となった。居城八上《やかみ》城も奪われた。それを悔しいと思っていたのだろうな。細川家の内紛につけこんで挙兵、丹波を取り戻した。もちろん、波多野だけで細川に勝てるはずもない。三好や高国どのの一族細川晴元さまらと手を組んでだがな。こうして高国さまは京を追われ、管領も辞した。だが、ことはこのまま終わらなかった。わずか三年で、朝倉《あさくら》や浦上《うらがみ》、赤松《あかまつ》を味方に付けた高国どのが、京を奪還。ふたたび管領になられた。そして、敵対していた三好と対決すべく、摂津に進軍した。越前《えちぜん》、播磨《はりま》を味方にした高国どのの勝利は揺るぎないものだと思ったのだろう。祖父高村は、細川高国についた」

「…………」

じっと村重が聞き入った。

「そして決戦が、摂津中島でおこなわれた。数で勝り戦意も旺盛《おうせい》な高国側が優勢に戦いを進めていたとき、突如赤松が寝返った」

「裏切りでございますか」

村重が興奮した。

「ああ。赤松は浦上に領地を侵食されつつあり、恨みをもっていたらしい。正面の敵と交戦中に後ろから味方に襲われてみろ、どのような軍勢も保《も》たぬ。あっという間に細川高国の陣営は崩れた」

「祖父は、高村さまは」

「討ち死にされた」

大きく義村が頬《ほお》をゆがめた。

「のちに戦場となった神呪寺《かんのうじ》付近の地形と、細川高国どのの陣形がもろくも崩れたことから、大物崩れと呼ばれた戦いで荒木家も大きな被害を受けた。まず、当主を失った。ついで、本家に逆らったことで所領を失った。吾《われ》は母と兄弟を連れて、丹波から命からがら逃げ出した」

思い出したのか、義村が嘆息した。

「丹波を出て、摂津豊島《てしま》郡に入り、なんとか池田家に仕えることができた。我が家が、豊島に飛び地を持っていたおかげでな」

義村が述べた。

「わかったであろう。荒木は池田の情けで生きてきた。池田の他の将たちは、それをよく知っている。どうしても荒木を下に見たがる。滅びかけたのを救ってもらったのだから、尽くして当たり前だとな」

「それはたしかに」

村重も否定できなかった。

「だが、それを受け入れていては、いつまで経《た》っても荒木は手駒《てごま》のまま。だから、儂《わし》は今の殿に賭《か》けた。筋目の弱い殿を推すことで、荒木を浮かばせるためにな」

事情を義村が語った。

池田勝正と池田孫八郎の家督争いは、五分五分というより、勝正に分が悪かった。とはいっても、さほどの差ではなかったが、勝つには少しばかり地盤が弱かった。その天秤《てんびん》を勝正に傾けたのが、義村であった。義村は、池田にとってさほど重要でない家臣たちを糾合《きゅうごう》し、池田四人衆に及ばなくとも、六部衆に匹敵する勢力を作りあげた。そのうえで、勝正についた。乱世に若すぎる当主は不安だったこともあり、家督争いは血筋の良い孫八郎ではなく、すでに武将として一定の手柄をあげていた勝正が勝った。

「おかげで、荒木は正式に池田六部衆に任じられた。たった一代で、浪人からここまで上がった。領地も二千貫に増えた」

二千貫とは、米で四千石になる。兵も二百人ほど抱えている。勢力も池田家のなかでも上から数えたほうが早い。

「これ以上の出世は、家中一同の反感を買う。我ら荒木はまだそれに耐えるだけの力がない」

「力がないなど……」

村重が不満そうな顔をした。

「力ならあるか。そなたは衆に優れた武を誇る。兵もよく鍛えられている。戦《いくさ》となれば、そうそう負けはせぬだろう。だが、儂の言う力とは武力ではない。わかりにくいならば、言い方を換えよう。我らはまだ摂津に根を張り切れていない。荒木はまだ若木なのだ。立派に見えても土地になじんでいない。少し揺らされただけで、抜けてしまう」

「今は根を張る時期だと」

「そうだ」

義村がうなずいた。

「わかりましてございまする。今は辛抱いたしまする」

父の指示に従って、村重が退《しりぞ》いた。

「武将は名を求めるものであろうが。なぜ吾に我慢を強《し》いる。荒木がはじき出されるのを危惧するより、それをはね返す力を持つべきだろう……」

父のもとから下がった村重は、己のうちの思いを捨てられなかった。

二

「池田に、果断な若武者あり」

豪で鳴らした池田勘右衛門尉を一刀両断にした荒木村重の勇名は、池田家だけでなく、京を含む畿内に鳴り響いた。

荒木村重の働きで一枚岩になった池田家は、三好家の配下として力を付け、ますます隆盛となった。

荒木信濃守義村は、新参者ながら池田家の宿老格に出世した。村重はその一子として、各地の合戦に出向き、手柄を立てていた。

「大殿さま、ご逝去」

長く患《わずら》っていた三好修理大夫長慶《しゅりだいぶながよし》が、永禄七年（一五六四）七月四日病死した。主君細川晴元を京から追放しただけでなく、足利義晴《あしかがよしはる》、義輝《よしてる》の両将軍も放逐し、京を押さえて三好家の隆盛をもたらした名将も病には勝てなかった。

「どうなるかの」

義村が眉《まゆ》をひそめた。

「三好家は安泰でございましょう。摂津、河内《かわち》、和泉《いずみ》、淡路《あわじ》、阿波《あわ》を手にし、山城、讃岐《さぬき》の一部にも力を及ぼしている三好でございまする。三好を潰せる大名などおりませぬ」

村重が父の杞憂《きゆう》だと言った。

「三好が一つのままならばな」

「割れるとお考えか」

嘆息する義村に、村重は目を剝《む》いた。

「三好は、一代の傑物長慶さまがおられたからこそ、勢威を張っていられた。残った一族の誰も、修理大夫長慶さまの足下にも及ばぬ」

はっきりと義村が首を左右に振った。

「とはいえ、三好に取って代わるだけの力を持つ大名はおらぬ」

「松永弾正忠久秀《まつながだんじょうのちゅうひさひで》はいかがでござろうか」

村重が問うた。松永久秀は三好長慶によって引き立てられた部将で、大和信貴山《やまとしぎさん》に居城を置き、河内と大和両国に影響を持っていた。

「あれは天下人《てんかびと》の器量ではない。天下人は表で戦って勝たねばならぬ。誰にでもわかるように強さを示してこそ、他人が認めてくれる。策謀で敵を倒しても、天下は認めてくれぬ」

義村が松永久秀を否定した。

「見ていよ、もっと大事が始まるぞ。気を付けておかねば、京の動きは摂津にすぐ波及するからな」

義村が京の動静に注意しろと告げた。

「三好三人衆謀叛」

一年で義村の懸念は現実のものになった。

三好長慶亡き後、その覇権を巡って争っていた三好長逸《ながやす》、同政康《まさやす》、岩成友通《いわなりともみち》と松永久秀が手を組み、なんと二条御所《にじょうごしょ》を襲撃、十三代将軍足利義輝を討ち果たしたのだ。

「武家の統領を害するとは」

騒動を予想していた義村でさえ絶句した。

将軍が実権を失って久しい。自前の兵をほとんど持たない将軍はときの権力者に担がれる御輿《みこし》であった。とはいえ、将軍に力はなくとも権威はある。将軍はすべての武家の主君なのだ。そのため、将軍を都合ですげ替えた実力者たちも、殺すことだけは避けてきた。

主殺しとの汚名を避けるためである。どれだけ大義名分を振りかざしたところで、主殺しは悪行でしかない。

将軍を殺したというだけで、天下の兵に討伐の名目を与えてしまう。それを気にせず断行した三好三人衆と松永久秀に世間は圧倒された。

「巻きこまれたくないが……」

義村の願いも虚《むな》しく、事態は池田家にも波及した。

「十四代将軍足利義栄《よしひで》さまの御所入りに供奉《ぐぶ》いたせ」

三好家が池田勝正に命じてきた。

「新しい公方《くぼう》さまのお供を……」

勝正も戸惑った。

三好三人衆が担ぎ出してきたのは、足利将軍家の一門ではありながら血が薄く、阿波で隠遁《いんとん》状態に近い生活を送っていた足利義親《よしちか》（後の義栄）であった。

「無茶な」

血筋の遠さに、義村も村重もあきれた。

殺された足利義輝には、弟が二人いた。一人は京の鹿苑院《ろくおんいん》の院主周暠《しゅうこう》、もう一人が大和興福寺一乗院《こうふくじいちじょういん》の門跡覚慶《かくけい》であった。もっとも周暠は、義輝に続いて殺害され、生きている弟は覚慶だけであったが、還俗《げんぞく》させれば問題なく将軍になれる。いや、覚慶こそ、正しい後継者であった。

「覚慶さまも殺された……」

血筋の遠い者を将軍にするとならば、それより正統な者を皆殺しにしておかなければ、後々面倒を抱えることになる。血筋は旗印なのだ。本人の望みにかかわりなく、担ぎあげる者がでてくる。

「それがな、覚慶さまは生きておる。松永弾正が監禁しているらしい」

「えっ……」

義村の言葉に、村重が目を剝いた。

「義輝さまのお身内を生かしている。厄災にしかなりますまいに」

兄を殺された将軍の弟が、どうするかなど子供でもわかる。どこぞの有力な大名を頼り、その兵力を使って京へ返り咲こうとする。

「近くは越前の朝倉、近江《おうみ》の六角《ろっかく》、遠くは越後《えちご》の上杉《うえすぎ》、甲斐《かい》の武田。三好に匹敵する大名は多い。京に吾《わ》が旗を立てようと虎視眈々《こしたんたん》と狙《ねら》っている連中にかっこうの名分を与えることになる。それがわからぬほど松永弾正は愚《おろ》かではない」

義村が述べた。

「ではなぜ、己の凶行を咎《とが》める権を持つ者を生かしておくのでござる。すでに将軍弑《しい》逆《ぎゃく》という大罪を犯したのでござる。今さら坊主一人の命など」

村重がわからないと言った。

「三好三人衆への牽制《けんせい》ではないか」

「そのために、兄殺しで咎めてくるかも知れぬ相手を」

「松永弾正は、義輝将軍さまを殺してはおらぬ」

義村が否定した。

「御所を三好長逸さまらが襲ったとき、松永弾正は大和奈良にいた。覚慶さまを捕まえるためにな」

「それが通るのでございましょうや。松永が御所へ兵を出したのは確かでございましょう」

村重が無理があると語った。

「言いわけはどのようにでもつく。それが乱世というものだ。乱世は力だけが正義なのだ。力ある者は好きにでき、なき者は黙るしかない。覚慶さまはまだ力なき者だ。今は松永弾正の庇護《ひご》なしには生きていけぬ。兄殺しの一味とはいえ、許すとしか言えまい」

冷たく義村が話した。

将軍の弟を殺した三好三人衆と生かした松永久秀は、手を組んで謀叛を起こした日のうちに亀裂《きれつ》を起こしていた。

覚慶が生きている限り、血筋の遠い義栄を将軍として京へ入れるのは難しい。それこそ、三好専横として、諸大名の反発を買いかねない。

「さっさと始末をしてしまえ」

何度も三好三人衆は松永久秀へ覚慶の殺害を命じてきた。それを松永久秀は無視し続けた。

「このままでは……」

直接足利義輝、弟周暠を殺した三好三人衆は恐怖した。

己の息のかかった義栄を将軍にすればこそ、謀叛はなかったことになる。いや、手柄に変わる。上杉や武田が逆賊三好を討つと大義名分を掲げて京へ兵を送り出す前に決着をつけなければならない。

しかし、覚慶を討てという三好三人衆の要求を松永久秀は一顧だにしなかった。覚慶を閉じこめている大和興福寺は、松永久秀のお膝元《ひざもと》であり、いかに三好三人衆でも手出しはできなかった。

とはいえ、松永久秀にも弱点はあった。松永久秀が守護として押さえている大和はもともと興福寺が支配していた。その興福寺別当職で、大和守護を名乗っていた筒井《つつい》家を追い、領地としただけに反発もある。そこを三好三人衆が突いてくるのはまちがいなかった。

「逃がせ」

ついに松永久秀は、覚慶を護りとおせなくなった。表向きは足利将軍家の側近であった一色《いっしき》や細川の手引きによる脱出を装ったが、そんなものを信用するほど三好三人衆は甘くなかった。

「生かしたまま逃がすなど……」

もめ事の種を撒《ま》かれた。

怒った三好三人衆は、大和守護の地位を奪われた筒井順慶《じゅんけい》、興福寺門徒衆と手を結び、大和に火の手を上げた。

「ご当主さまをないがしろにすること甚だしく」

対抗して松永久秀は長慶の跡を継いだ三好家当主義継《よしつぐ》へ三人衆の横暴を訴え、追討の命を出させた。

つい二カ月前、手を組んで現将軍を討ち果たすという大事をしてのけた仲間が、壮絶な仲違《なかたが》いを始めた。

「義栄さまの供奉どころではないな」

池田勝正があきれた。

三好家に属している池田は、この戦いを傍観することにした。池田は三好家の寄騎である。当然三好義継の支配を受ける。とはいえ、義継は現在河内におり、大和の松永久秀と手を組んでいる状況で、摂津へ兵を出す余裕はない。援軍がないとわかっている状況で、三好三人衆の本拠である阿波や淡路と敵対するわけにはいかなかった。阿波や淡路から京へ兵を出すには、どうしても摂津を通るのだ。行軍の途中に敵があれば、撃破するのが当たり前であり、池田だけの兵力では、とても三人衆の軍勢を支えることはできない。やむを得ず、池田はどちらにもつかない曖昧《あいまい》な態度を取ることにした。

戦端は三人衆の奇襲からであった。三人衆は松永久秀の出城の一つ飯盛山《いいもりやま》城を急襲、落城させただけでなく、在城していた三好義継を捕らえたのだ。

旗印だった当主を奪われた松永久秀の形勢は一気に不利になった。

「参戦するぞ」

こうなれば池田も傍観者ではいられなくなった。利も義も三人衆に傾いたのだ。勝つほうに与《くみ》するのが乱世を生き残る唯一の術《すべ》である。

池田勝正も軍勢を率いて、三人衆の指揮下に入った。とはいえ、池田勝正は全軍を出せなかった。近隣の伊丹《いたみ》氏、塩川氏、瓦林《かわらばやし》氏らが松永久秀と親しかったからだ。

「ややこしい限りでございますな」

勝正の招集に応じて、荒木も出ていた。割り当てられた陣張りのなかで村重は嘆息した。

「身内で争うのが、乱世の習いとはいえ、将軍を殺すような大逆をおこなった同腹の割に……」

義村もあきれていた。

「さて、どうなるかの。このまま大人しく負ける松永弾正ではないぞ」

警戒を怠るなと義村が、村重に注意を促した。

「承知」

村重ももう三十一歳である。家督をまだ譲られてはいないが、昨今は父義村に代わって兵を率いることも多くなっていた。

「滝山落城」

対峙《たいじ》し始めて三カ月、摂津における松永方の拠点滝山城が、淡路の兵を率いた安宅《あたぎ》信康《のぶやす》によって落とされた。

「これでいよいよ弾正は窮するぞ。弥介、かまえて先陣だけは受けるなよ。追い詰められた敵は必死になる。その抵抗をまともに受けては、大損害を被《こうむ》るからな」

若武者の常、手柄を立てたいと逸《はや》る息子を義村が宥めた。

「まだ辛抱しろと……」

村重が口答えをした。

「まちがえてはいかぬぞ、弥介。此度《こたび》の戦い、我らの戦《いくさ》に非《あら》ず」

義村が柔らかい声で宥めた。

「えっ」

村重が唖然《あぜん》とした。

「この戦いは、天下を決めるものでも、池田家の存亡をかけたものでもない。まして荒木家の運命を託すものではない。これは三好の内紛でしかない。たしかに手柄を立てれば褒賞はもらえよう。だが、直接三好義継さまからいただけるものではない。三人衆から、池田の殿へ出され、そこから荒木へ降りてくる。わかるか、三人衆と池田の殿に抜かれた残りだけしか、我らのもとへは来ぬのだ。無理をして兵を死なせてそれでは、割が合わぬ」

義村が語った。

「それでよろしいのでございまするか」

「うむ今はの」

確認する村重へ、義村が首肯した。

「……………」

またも我慢を強いられた村重は、悔しげな顔で退いた。

積極果敢に動いたのは、淡路と阿波の兵であった。対して摂津の兵は、池田以外も慎重であった。それでも、御輿《みこし》である三好義継を手にした三人衆が有利であった。

三人衆の軍勢は、河内をこえて松永久秀の居城信貴山へと迫り、その城下に火を放った。

「勝ちは目の前だ」

居城を落とされれば、松永久秀の抵抗も終わりになる。三人衆の軍勢の気合いは上がった。

されど、築城の名人として知られた松永久秀が、己《おのれ》の為《ため》に心血を注いで建てた城である。また、山の上の狭隘《きょうあい》な地に建っているのもあり、大軍をもってしても容易には攻められなかった。

三人衆が攻めあぐんでいる間に、松永久秀が奇手を打った。信貴山城から密《ひそ》かに抜け出し、摂津などに残っていた寄騎の兵力を集め、三人衆の拠点の一つ堺《さかい》を襲ったのだ。

「馬鹿な」

堺からの急報を受けた三好三人衆は、信貴山から取って返すとともに池田勝正らに出撃を命じた。

「松永方に伊丹、瓦林、塩川の旗印を確認」

池田と堺は馬で飛ばせば、さほどときがかからない。勝正が出した物見が、状況を見てきた。

「伊丹らが出ているならば、いかねばなるまい」

池田勝正が馬を駆った。

堺は三好と手を組んではいたが、その形態は特別なものをもっていた。

海に面していない三方を堀で囲み、出入り口を限定した堺は、ちょっとした城郭であった。そこに松永久秀は六千の兵を率いて籠《こ》もっていた。

「攻めよ」

三好長逸の指示で堺へ近づいた兵たちを銃撃が襲った。

「あれは……根来衆《ねごろしゅう》。ということは紀州の兵もいるか」

堺の周囲を守る塀の上に鉄炮《てっぽう》を構えた僧兵がいた。紀州の根来寺の僧兵はその財力にものをいわせ、多くの鉄炮を所持していた。

「やむを得ぬ。遠巻きに囲め。決して外へ出すな」

総勢一万五千の兵で、堺は包囲された。

「堀に梯子《はしご》を掛けて……」

「無駄なことを考えるな」

攻略しようと用意を始めた村重を義村が抑えた。

「伊丹たちを叩《たた》く好機でございましょう。我らだけでなく、三好の兵もおります。数で圧倒しているのでございまする。ここで伊丹たちを痛めつけておけば、池田は安泰」

村重が述べた。

「三好が手を貸すとは限らぬ」

「そんなことはございますまい。これは三好の戦でございましょう」

村重が反論した。

「だといいがな。これは将軍を誰にするかの代理戦争だ。三人衆は義栄さまを担ぎ、松永久秀は覚慶さまを推している」

「その割に、どちらも肚《はら》が据わっていないように見えまするが……」

村重が疑問を呈した。

「義栄さまを担ぐならば、京へ入れればよろしいではございませぬか。松永久秀は堺に閉じこめられ、義栄さまの将軍任官を邪魔できませぬ」

「恐れているのよ」

「……恐れている」

父の表現に村重が戸惑った。

「無理矢理将軍を作りあげたら、天下を敵に回しかねぬ。なにせ、先代を弑逆しているのだ。しかも仲間であった松永弾正は、義輝さまを直接手に掛けていない。あの松永弾正ぞ。刀は苦手だが、謀りごとは天下一よ。うかつなまねをすると、裏をあきらかにされかねぬ。三人衆の命取りになることをな」

「……………」

理解できないと村重が黙った。

「今はわからずともよい。天下というのは名分が要るものだと覚えてさえいればな」

義村が諭した。

三

堺は貿易の町である。陸への出入りを止められたところで、海がある限り食料などにも困らない。とはいえ、閉じこめられている兵たちはたまらない。数が倍以上に違うのだ。どうやっても囲みを突破して逃げ出せないのだ。こうなれば人は弱い。あっという間に松永久秀の軍勢の士気は地に落ちた。

「これでは勝負にならぬ」

さすがに倍をこえる敵に囲まれて、手出しできない状態に追いこまれてはどうしようもない。松永久秀は堺をとりまとめている会合衆《えごうしゅう》の一人津田宗達《つだそうたつ》の仲介で、開城した。

戦わなかったが、松永久秀の敗戦となった。これで一気に松永久秀の威勢は減じた。勢いに乗った三好方は、次々と松永方の城を落とし、畿内を手にするのも間近と見えた。三人衆も義栄を徐々にではあるが、京に近い城へと移しだした。

「三好義継さま、ご失踪《しっそう》」

畿内がふたたび揺れた。

ずっと三人衆の監視下で河内高屋城に閉じこめられていた三好家当主の義継が逃げ出し、あろうことか松永久秀のもとへ走ったのだ。

「三人衆を討て」

三好義継が檄《げき》を発し、畿内の情勢が変わった。

堺から退いて以来かかわってこなかった紀伊守護の畠山《はたけやま》と根来衆が松永久秀の求めに応じて出陣するという噂《うわさ》が流れた。

三人衆勝利の形が崩れた。

「池田勢は大和へ侵攻し、東大寺に陣を敷く松永方の出城を落とせ」

こうなれば決戦しかないと三人衆から池田家へ命が出た。池田勝正は、三人衆に命じられて普門寺《ふもんじ》城に移った足利義栄の警固を担当していた。

「よしなに頼むぞ」

そのとき足利義栄から直接、勝正は声をかけられていた。

「行くぞ。声をかけていただいたのだ」

勝正は八千の兵を出した。

義栄に付くと決めた勝正は軍勢を大和へと出した。この戦いに勝てば、足利義栄の将軍就任はまちがいない。となれば、当然池田家にも相応の褒賞は与えられる。勝正は手柄を求めた。

信貴山をこえた勝正は大和へ入るなり、松永久秀方の守る宿院城を襲った。

宿院城は三好三人衆と筒井順慶の本陣となった東大寺と松永久秀、三好義継の籠もる多聞山《たもんやま》城のなかほどにあり、ここを落とせば松永久秀と三好義継の本陣を一直線に狙える。

「かかれっ」

勝正の指示で、池田勢が宿院城へ取り付いた。

「ござんなれ」

重要な出城である。松永久秀も信頼する将と戦いなれた兵を詰めていた。

「押せ、押せ」

勝正が軍配を激しく振った。

「…………」

村重は軍勢の予備として後方に残された。

父義村の判断で、荒木への嫉妬《しっと》を避けるためであった。

昨日今日丹波から摂津へ落ちてきた浪人が、池田家のお家騒動に便乗する形で一気に宿老格までのし上がった。譜代の家臣たちにしてみれば、荒木は目障りであった。そして家督を継いだとはいえ、傍系の出である勝正に、荒木をかばいきるだけの力はまだなかった。

家督を安定させるためにいたしかたなかったとはいえ、代々の宿老を新参者の村重に討たせたのも譜代衆の反感を買っていた。

家督の問題では反対の立場を取ったが、譜代の家臣たちにとって池田勘右衛門尉らは、近い一族だった。池田家に仕え、ともに守りたててきた。当然、長い歴史の間に、血を交えてもいる。お家騒動の最中は敵対しても、それが終わればもとの鞘《さや》に収まって、仲良く交流をしていく。これが慣例というか、常識だった。

だが、先の不安を感じた勝正は池田勘右衛門尉らを排除した。その道具として村重が動き、荒木家を宿老格に引きあげた。

池田二十一人衆の多くが、これ以上荒木が大きくなるのを嫌った。こうして荒木は、合戦の予備として後ろに下げられた。

「不満か」

「…………」

問いかける父に、無言で村重が肯定を示した。

「退《ひ》くべきは退け。これも戦の手管だ。若いうちはとにかく、なんでも力押しをしたくなる。いや、力押しでどうにかなると思いがちだ」

義村が苦笑した。

村重は長く子ができなかった義村が、待ちかねた跡継ぎであった。それだけに普通は家中の世慣れた老臣に任せる戦場でのありようも、自ら教えた。

「力は要る。乱世で生きていくのだ。力なき者は滅ぶか、搾取されるかしかなくなる。汗水垂らして育てた実りを奪われたくなければ、愛《いと》しい女を取られたくなければ強くなるしかない。奪われるならば、奪え。これが戦乱の掟《おきて》だ」

「…………」

父の説諭に村重が耳を傾けた。

「真っ先に戦場を駆け、槍働きで名をあげる。これも力の発露だ。だが、それは同時に……見ろ」

言いながら義村が、味方の先陣を指さした。

「ぎゃっ」

「うわああ」

義村の示した指の先では、城砦《じょうさい》に取り付こうとした池田方の部将が、吹き飛ぶようにして倒れていた。

「わかるか。鉄炮だ。鉄炮は名のある武将を一発で仕留める。そして、弓矢のように技を練達させずとも、昨日足軽になったものでも扱える」

「当たるのが不幸なだけでございましょう。なにより鉄炮は一度放てば、次までかなりのときがかかりまする。騎馬ならば、それだけの間があれば、突っこんで蹂躙《じゅうりん》できまする」

村重が反論した。

「ああ。鉄炮は数がなければ、戦場を変えるほどの力はない。だがな、当たってしまえばそれまでで、弥介の命は消える。確認して見ろ。鉄炮の玉を喰《く》らった者は、死んだ」

「………」

言われて村重は、もう一度最前線を見た。そこでは、鉄炮の一撃を喰らって倒れた武将が、味方の兵に踏みつぶされていた。

「運だといえば、運だ。だが、あのような死にかたはしたくなかろう」

「……はい」

一瞬の間を置いて村重は首肯した。

「荒木が摂津に来た理由。それを考えろ。なぜ丹波で威を張る波多野の本家が、浪々の身にならなければならなかったのか。それは、波多野のなかで負けたからだ」

義村が口の端をゆがめた。

波多野は応仁《おうにん》の乱で細川に与したお陰で、八上一帯を与えられた新興の領主であった。大名としてやっていくだけの構成をまだ組めていない。そんな波多野がもっとも頼りにするのは血のつながりを持つ一族である。波多野の一族は、家老や組頭などの重職に引き立てられた。荒木もその一つになるはずだった。

人が集まれば、順位ができる。順位は秩序でもある。当然波多野の当主が最高位になり、その下に宿老と続く。新しくできたばかりの波多野家には、まだ明確な順位がなかった。そして順位を決めるための争いが起こり、荒木は敗れた。敗者に居場所は与えられない。いや、与えられても少ない。荒木は、波多野の一族の最下層で使い潰される未来を拒み、丹波を追い出されるようにして摂津へ流れてきた。

「見極めよ。いつ命を懸《か》けるか。命を懸けるだけの値打ちがあるかどうかをな」

義村の目が厳しくなった。

「陣を下げろ」

「どうなされた、父上」

村重が首をかしげた。

「先陣が崩れた。味方が敗走してくる。その混乱に巻きこまれるぞ」

難しい顔で義村が述べた。

戦場では誰もが興奮している。勝てると思っているからこそ、飛んでくる矢玉を気にせず突っこんでいけるのだ。しかし、その興奮は、負けると思った瞬間にさめる。そしてさめてしまえば、辺りが死に満ちているとあらためて気づくのだ。

死への恐怖。

人だけでなく、生きているすべてのものが持つ根源的な感情が、発露する。兵たちは武器も防具もかなぐり捨てて、死から離れようとする。頭のなかが逃げたいだけとなり、周囲への気遣いなどは消え去ってしまう。

必死になった敗残兵が、目指すのは味方の陣になる。溺《おぼ》れる者が助けに来た人にしがみついてしまい、ともに沈んでしまう。これと同じ状況が起こる。整然と並んだ陣営が、味方によって崩され、傷一つ負っていない兵まで恐慌状態に陥《おちい》る。こうなれば、もう軍としての体裁はとれなくなった。

追撃をあしらいながらの整然とした退き戦ではなく、後ろを気にさえせず、仲間との連絡も取らず、ただ逃げ惑う連中など、狩りの兎《うさぎ》よりも容易《たやす》い獲物である。戦で多くの手柄を立てるのは、こういった敗軍の追撃であった。

「陣の真んなかを空けよ。逃げる味方を通せ」

義村が軍勢を割った。

と言ったところで、荒木の動員できる兵は四百ほどしかいない。少数、それがこの場では幸いした。

すばやく軍勢が左右に分かれ、往来を空けた。

「殿をまずお逃がしせんかあ」

叫び声がして、二十一人衆の一人が逃げ惑い道を塞《ふさ》いでいる足軽を蹴《け》り飛ばした。

「信濃守」

馬に乗って敗走してきた勝正が、義村の前で止まった。

「殿《しんがり》を命じる」

それだけ告げると返答を待たずして、勝正が逃げた。

「こんなものかの」

収拾の付かなくなった惨敗で、勝ちにのって追撃してくる敵を支え、味方を逃がす殿ほど損な役回りはなかった。下手をすれば全滅もあり得た。

「新参とはいえ、己を当主に引きあげる手伝いをした我らを弊履《へいり》のごとく捨てるとはな」

義村が嘆息した。

「どうしましょうや」

村重も緊張していた。

「もう少ししたら陣をまとめ、一度押し出す」

「逃げぬので」

攻めるという父に、村重は目を見張った。

「敵もそう思っているだろう。あやつらは勝ちに驕《おご》っている。ああいった敵に背中を見せるのは、まずいのだ。嵩《かさ》にかかってくるからな」

義村が軍配を操って、陣形を戻した。

「勝ち戦で頭に血がのぼっている。あやつらは、手柄を上げることしか考えていない。そこへ我らが突っこみ、数人を討ちとれば……頭に上がっていた血が一気に落ちよう」

「敵に死の恐怖を思い出させるのでございますな」

村重は理解した。

「ああ。ただし、一撃だけだ。敵の勢いが止まったならば、さっさと逃げるぞ。戸惑いが消えれば、数で優る敵が強い。その機を見失うな」

「心いたしまする」

注意を村重はすなおに聞いた。

「槍をそろえろ。行くぞ」

馬上になった義村が、大声で命じた。

「弓隊、放て」

村重も預かっていた足軽に攻撃を指示した。

「うわああ」

「馬鹿《ばか》な……」

潰走《かいそう》している敵の背中を夢中で追っていた松永方の兵が、矢で射すくめられた。

「今ぞ。一あていたせ。ただし、深追いはするなよ」

義村が馬の腹を蹴った。

「遅れるな」

村重も続いた。

荒木家に騎乗の武者は五十騎もいない。それでも矢で足を止められた兵に対しては大きな圧力となった。

「くたばれ」

「おうりゃあ」

馬で蹴り飛ばしたり、馬上から槍で突きとおしたり、荒木の騎馬武者は散々敵を蹂躙した。

「新手が出た。退け」

先陣をきっておきながら、敵兵の相手は家臣に任せ、城砦《じょうさい》を見ていた義村が手を上げた。

「退けえ」

大声を出して村重も続いた。

「ここまで来れば、もうよかろう」

十町（約一・一キロメートル）ほど離れて、ようやく義村が馬の足を緩めた。

敗れたが、池田の勢はまだ六千近い。城砦に籠もっている松永の兵は千に満たないのだ。野戦に持ちこめば、数の差がものを言う。松永方の追撃は、さほど長くは続かなかった。

「損害を調べておけ。儂は殿のもとへ急ぐ」

村重へ言い残し、義村が馬を走らせた。

「……どうだ」

残った村重は、兵たちを集めた。

「佐野どのと高臣どのがお討ち死に、山路どの以下四名が傷を負われましてございまする」

返答は武者だけについてであった。

「足軽どもは」

「わかりませぬ」

問われた家臣が首を振った。

「今残っている者だけ数えろ」

村重が苛立《いらだ》った。

戦況が悪くなれば、足軽は逃げた。

足軽の多くは、戦のたびに領地からかり出される百姓である。武芸の稽古《けいこ》などほとんどしたことがなく、領主の命で戦場へ引っ張り出され、戦わされる。手柄を立てて出世しようなどとは思っていないだけに、肚がない。負け戦となった途端に、与えられた槍も胴丸《どうまる》もかなぐり捨てて逃げ出してしまう。そしてさっさと国へと帰ってしまうのだ。

しかし、これを領主は咎められなかった。それをすると田畑の耕し手を失ってしまう。厳しい領主だと噂になれば、百姓たちが他領へ逃げかねない。そうなれば、年貢が減る。

また、敵方も武者首ならば獲《と》るが、足軽の命など手柄にもならないため、反抗しない限りは、見過ごした。これも足軽の逃散《ちょうさん》を後押しした。

「どれくらい減った」

「三十ほど行方がわかりませぬ」

小半刻《こはんとき》（約三十分）ほどで、家臣が報告した。

「意外と少なかったな」

村重がほっと安堵《あんど》の息を吐《つ》いた。

四

少数の敵に敗退したとして大恥を掻《か》いた池田勝正は、五日後、名誉回復のための兵を興した。

今度は松永久秀の籠もる多聞山城の背後、大豆山へと陣を移した。

「させるか」

翌朝、松永久秀が多聞山城から打って出た。

「迎え撃て」

勝正も応じたが、多聞山城の付近は松永久秀のお膝元である。地の利をよく知る松永久秀の巧みな用兵に、またも池田勢は翻弄《ほんろう》された。

「ええい、退け、退け」

本城といえる多聞山城を守る松永勢の勢いに、勝正は後退を余儀なくされた。

「情けなし」

三好三人衆が池田勢のふがいなさにあきれた。

緒戦で勝ったとはいえ、数で劣る松永久秀と三好義継は攻勢に転じられなかった。

双方が大和でにらみ合いを続けて三カ月が経《た》った。

「紀州の畠山、紀ノ川《きのかわ》を渡って和泉へ進出」

八月二十五日、戦場に急報が届いた。松永久秀の待ち望んだ援軍であった。

「飯盛山の松山安芸守《まつやまあきのかみ》どのご謀叛」

それを聞いて三人衆に与していた飯盛山城主松山安芸守が寝返った。

一気に情勢は松永久秀側に傾いたように見えた。

「しくじった。今からでも義継さまへ旗を変えるか」

池田勝正が焦った。自立できない小名の葛藤《かっとう》であった。寄る辺の大樹をまちがえれば、待っているのは滅びであった。

「今、旗を変えることはできませぬぞ」

池田豊後守《ぶんごのかみ》ら四人衆が反対した。

三人衆の本陣である東大寺のすぐ側、西方寺《さいほうじ》に池田勢は布陣している。ここで寝返るなどできようはずもなかった。

「畠山勢が信貴の山をこえてからでも、間に合いましょう」

四人衆の一人池田周防守《すおうのかみ》が自重を求めた。

「…………」

「信濃守、そなたはどう思う」

勝正が沈黙を守る義村へ問いかけた。

「新参者の意見など聞かずともよろしゅうござる」

四人衆で最古参の池田正朝が、義村の口を封じた。

「さようでござる」

池田紀伊守も同意した。

「…………」

勝正も黙った。

「……情けない」

末席で軍議を見ていた村重が口のなかで呟《つぶや》いた。

結局、池田勢の裏切りは実行されなかった。紀ノ川を渡って大和へと侵攻してきた根来衆を中心とする畠山勢が、迎撃に出た三人衆の一人岩成友通の率いる軍勢に蹴散らされ、紀州へと逃げ帰ったからだ。

「……馬鹿な」

あまりに弱い畠山勢に、勝正も呆然《ぼうぜん》とした。

戦いは膠着《こうちゃく》状態に戻った。

村重らが大和に来て半年が過ぎた。

「倦《う》んだな」

陣営に怠惰が蔓延《まんえん》しだした。摂津から大和へ遠征している池田勢は、異郷の地に慣れず、兵たちの士気は地に落ちていた。

心が疲れた兵は隙《すき》を生みだす。当初できていた警戒が失われ、緊張が切れた。

三人衆の油断を松永久秀は見逃さなかった。

十月十日、子《ね》の刻前（午後十一時ごろ）、多聞山城から松永久秀が兵を率い、筒井順慶の陣である東大寺へ襲いかかった。

「な、なんだ」

寝ていた筒井順慶、三人衆は混乱した。

「火、火だ」

どちらが原因となったかは定かでないが、東大寺の回廊から炎があがった。

「東大寺が燃えているだと」

西方寺で寝ていた村重も飛び起きた。

「なにがどうなっている」

夜でなにも見えない。ただ東大寺だけが赤々と浮かびあがっていた。

「火の届かぬところまで陣を下げよ」

「いや、兵をまとめて参陣すべきだ」

池田の陣営も戸惑うしかなかった。

「状況を把握してからだ」

勝正が物見を出した。

「松永弾正、東大寺を夜襲、本陣総崩れ」

戻って来た物見が報告した。

「三人衆や筒井どのは健在か」

「わかりませぬ。本陣から逃げて来た者にも訊《き》いてみましたが……」

物見が首を左右に振った。

「いかがなさる」

四人衆が、勝正に決断を求めた。

「このままでは、戦えませぬ。兵たちの動揺が激しすぎまする」

東大寺は仏法の根本である。信心深い兵たちは、松永軍の暴挙に怒りよりも恐怖を感じていた。

「別所《べっしょ》さま、陣払い」

そこへ続報が届いた。

別所とは播磨《はりま》三木《みき》城主長治《ながはる》のことだ。今回は波多野氏の名代として、兵を率いて参陣していた。

「我らのみで戦うわけにはいかぬ。摂津以外で死ねるか。退くぞ」

勝正は撤退を決めた。


勝ったとはいえ、東大寺を焼いた松永久秀への反発は大きく、奈良への進駐は長く続かなかった。落ち着きを取りもどした筒井順慶らによって信貴山城を失い、松永久秀は多聞山城へ逃げこんだ。

こうして、三好三人衆の力がふたたび盛り返した。独立するだけの力を持たない池田は、その波に揺られるしかなかった。

世は戦国である。

強力な隣人は脅威でしかなかった。力を付けた隣人が、いつ国境を越えて攻め入ってくるか、戦々恐々としていなければならない。とくに京に近い摂津や播磨は、天下の影響を受けやすく、去就が一定しないこともあり、せいぜい数千石から数万石ていどの小名が多かった。小さい国人《こくじん》たちが生き残るには、一つしか方法はない。大きな勢力につき、その庇護《ひご》を受ける。こうして摂津の国人たちは、ときに戦い、ときに手を結びして共存してきた。ずっとそうやってきた摂津を、池田が支配しようと動きだした。

池田に吸収されることを是とする者など、池田と親しい者はまだいい。それ以外の者にとって、池田は力を背景に押しこんでくる敵でしかなかった。

「皆で力を合わせ、池田を滅ぼそうぞ」

「池田の土地は斬《き》り取り次第じゃ」

摂津並びに池田と境を接している小名たちが手を組んだ。

永禄十一年（一五六八）八月、織田信長の後押しで高槻《たかつき》城の城主となった和田伊賀守《いがのかみ》惟政《これまさ》の号令で、茨木《いばらき》城の茨木佐渡守、伊丹城の伊丹大和守、有馬《ありま》城の有馬出羽守《でわのかみ》らが兵を挙げた。

「攻めよ」

まず兵を動かしたのは伊丹大和守であった。

伊丹大和守が池田方の猪名寺《いなでら》城へと押し寄せた。

「生意気な」

池田勝正が怒った。

「諸将参集せよ」

ただちに将が集められた。

「大和守を蹴散らし、猪名寺城を救え」

下知《げじ》に応じて、兵を揃《そろ》えた将が出撃した。その二陣に荒木村重はいた。

とはいえ、不意を突かれた池田方は十分な兵が揃わなかったため、用意周到な伊丹方に戦を仕掛けられず、遠巻きにして威嚇するのが精一杯であった。

伊丹に戦況は有利であった。

だからといって、総兵力で勝てないから伊丹大和守は、近隣の小名を語らって戦を始めたのだ。じっと待っていては、池田方の援軍が到着し、兵差が増えるだけである。

「このままではじり貧である。誰ぞ、挑発して参れ。池田の兵が揃うまでに、一戦して勝利しておかねばならぬ」

「承った」

伊丹大和守の命を、部将の一人が受けた。

「ややや あ、吾こそは摂津にその武名ありとして知られた宇都宮作丞なり」

大声で宇都宮が名乗りをあげた。

「吾と一騎討ちできる豪の者はおらぬか」

宇都宮が一騎で陣営から前へ出た。

「それとも池田には、槍を持てるだけのもののふはおらぬのか」

宇都宮が嘲笑《ちょうしょう》した。

「ふざけたことを」

顔を赤くして池田勝正が憤怒した。

「誰ぞ、あの小憎らしい若造を懲らしめて参れ」

「わたくしめにお命じくださいませ」

勝正の要請に、荒木村重が進み出た。

「弥介か。そなたならば、恥をかくことなどあるまい。池田の武を見せつけてやれ」

「承知」

うなずいた荒木村重が、槍を小脇《こわき》に抱えて馬を進めた。

「荒木弥介村重、お相手いたす」

「相手にするに些《いささ》か若いようだが、罷《まか》り出た勇に免じてやろう。参れ」

宇都宮が村重を侮った。

「やああ」

「おう」

それぞれが馬の腹を蹴った。

「死ね」

「このていど」

勢いよく突きだされた宇都宮の槍を村重は、己の槍でさばいた。

「こいつ」

村重の力に負けて槍を弾《はじ》かれた宇都宮が、右脇を大きく開けて体勢を崩した。

「喰らえ」

その隙を村重は見逃さなかった。素早く槍をたぐり戻すと、ふたたび突きだした。

「ぐっ」

村重の槍先を喉《のど》に受けて宇都宮が死んだ。

「…………」

村重の従者がすばやく駆けよって宇都宮の首を落とした。一騎討ちとはいえ、騎馬武者には数人の従者がつき、こうした所用をこなした。騎馬武者が一々、馬から下りて敵の首を落としていては、隙ができる。敵を倒したが、その後、討ち取られましたでは話にならない。生きて帰ってこそ、手柄なのだ。

従者が首を切るあいだ、村重は槍を小脇に抱え、油断なく伊丹の陣営を睨《にら》みつけていた。

「若」

「おう。宇都宮作丞を討ち取った」

従者から渡された宇都宮の首を、村重は高々と掲げて誇示した。

「見事」

勝正が大声で褒め、池田方の陣営が沸いた。

「宇都宮の首を取り返せ」

伊丹大和守が叫んだ。

陣営を代表して一騎討ちに出た部将の首を敵に持ち去られるのは、伊丹家の恥である。武門を売りにする戦国武将には耐えられないものであった。

「おおっ」

「承ってござる」

伊丹の陣営から、騎馬武者が村重へと向かっていた。

「弥介を討たせるな」

「おう」

勝正も軍配を振った。

池田の陣営からも多くの騎馬武者が救援に出た。一対一の戦いでの勝利者を讃《たた》えず、襲うのは決まりごとを破る行為である。相手が先に違反したのだ。敵よりも多い数を出しても非難されることはない。

少し前までの静謐《せいひつ》は破れた。たちまち戦場は混乱に陥った。

「押せ、押せ」

宇都宮を討って士気のあがった池田方が今度は優勢になった。わずかな拮抗《きっこう》は、あっという間に崩れ、伊丹の本陣まで池田の兵が迫った。

「ええい。やむを得ぬ。一度退くぞ」

配下の部将が数人討たれたところで伊丹大和守が、居城へと敗走した。

「逃がすな」

勝正が、追撃の指示を出した。

伊丹大和守の本拠、伊丹城は猪名寺城の西北になる。距離も二里（約八キロメートル）とさほど離れてはいない。

勝ち戦となれば、将と兵の気も乗る。池田勢は伊丹大和守を追撃、その本拠伊丹城を包囲した。

「打ち破れ」

勝正が、伊丹城攻めを命じた。

伊丹城は城の東側を流れる猪名川を天然の堀に、その内側を伊丹川の浸食でできた崖《がけ》に守られた堅城である。

東から迫った池田勢は、伊丹城を攻めあぐんだ。

「救援を願う」

伊丹大和守の泣くような求めに、和田伊賀守、茨木佐渡守の二人が援軍を出した。

和田も茨木も伊丹とは近い親族になる。一族の興亡に、和田と茨木は合わせて四千の兵を率いて出陣した。

「和田、茨木の兵、伊丹城へ向けて進発」

物見の兵からの急報を受けて、勝正は荒木村重を呼んだ。

「そなたに千の兵を与える。和田と茨木の兵を迎え撃て」

先手を任されるのは、一騎討ちで勝った褒美であった。

「先手を承るは、武門の誉《ほま》れ。お任せを」

勝正から兵を預かった荒木村重は、茨木佐渡守の本城茨木城に近い摂津郡山へと進出、ここに陣を敷いた。

「さあ、来い」

村重は敵を待ち構えた。

千と四千では、数が違いすぎるが、緒戦で勝利し意気軒昂《けんこう》な池田勢に比べて、連合軍は一族の伊丹氏のためとはいえ、他人事《ひとごと》でしかないのだ。士気はあがらない。

連合軍は、互いの姿が見えるていどのところで止まった。

「打ちこみましょうや」

「それはならぬぞ。いかに我が兵が強かろうとも、敵は四倍近い。包みこまれては殲《せん》滅《めつ》される。向こうが攻めかかってくれればこそ、茨木と和田の軍勢に遅速ができ、つけこむ隙ができる」

逸る村重を、父義村が諫《いさ》めた。

「しかし、このままでは埒《らち》があきませぬ」

「戦機というのは、かならず来る。それを待ち、英気を養うのも将の仕事ぞ」

義村が諭した。

「よいか、荒木は負けられぬ。勝ち続け、ご当主さまを守りたてることで栄えていく。

池田の家中で我らはよそ者なのだ。しかもそなたは、先代長正さまの娘婿。ご当主さまにとっては、面倒な相手ぞ」

「はい」

村重が殊勝な顔で父の意見を聞いた。

荒木家は池田で難しい位置にいた。譜代ではないが、その功績は代々の宿将を上回り、勝正擁立も荒木の力があればこそであった。だけに、周囲の反発は大きかった。荒木家をなんとかして排除しようとする池田譜代の家臣たちも多く、いろいろと画策している。

「ご当主さままで敵に回すのはまずい」

当初擁立を援助してくれた荒木に感謝していた勝正も、昨今は変わりつつあった。荒木家の勢威が池田の家中で拡《ひろ》がりつつあるのを、双手をあげて歓迎はしていなかった。

「おぬしの子供は、池田の血を引く。傍系だが主君になれるのだ。すでに殿という前例があるからの。それを御主君は認めてくれまい」

ましても、四人衆、二十一人衆など一門譜代で固めている池田家のなかでのし上がっていくには、反感を買わない方がいい。なにより、失敗は許されなかった。

「そなたのお陰で、荒木は六人衆になれた」

先年、池田四人衆の池田勘右衛門尉を謀殺した見返りとして、荒木は二十一人衆のなかの格上とされる六人衆になっていた。

「だが、油断はならぬ。他の二十一人衆などからしてみれば、新参が先手を承るなど僭越《せんえつ》だからな」

もっとも最初に敵と当たる先手は、危険で犠牲が多い。代わりにもっとも手柄が立てやすく、武名も知れ渡りやすい。また、先手が崩れては、陣形の維持も難しくなる。それだけに先手を任されるのは名誉であった。

「殿のお言葉でございまするが……」

和田と茨木へ対峙するように指示を出したのは勝正である。今回は、己が出しゃばったわけではないと村重が抗弁した。

「……殿も肚のなかでは、どうお考えかわからぬ」

義村が頬をゆがめた。

「野戦で四千の敵を一千で打ち払う。古来、四倍の差を打ち破った例はなくもない。が、それはよほど特段の状況でもなければ、ありえぬ。戦いは数で決まる。これは、まちがいのない事実だ」

乱世を生きてきた父の言葉は重い。

「………」

村重は傾聴した。

「考えてみろ。池田家が動員できる兵の数を。動きを見せていない有馬への抑えをしなければならぬとはいえ、全力を出せば六千やそこらは出せる。しかし、殿はそれをなさらず、我らに千で勝てと言われた」

大名としての池田家は、摂津でもっとも勢力を持つ。とはいえ、将も兵も普段は、百姓として田畑を耕している。それらを有事になると招集する。当たり前だが、参集させるにはかなりの手間が要った。今やっている畑仕事を放置させるわけにはいかない。後事を託すためのときもいる。

池田を滅ぼすための機を窺《うかが》っていた伊丹や和田が、兵をすでに集めていたのに対し、池田は今からであった。

兵が揃うまでに援軍が伊丹に来ては、池田の勝ちはなくなる。

「勘右衛門尉と山城守を討ったとはいえ、まだ殿は盤石《ばんじゃく》ではない。今回の戦で負けようものなら、頼るべきに非ずと国人たちの離反が起きかねない」

「我らは捨て石だと」

村重の顔色が変わった。

「捨て石とまでは言わぬが……近いな。荒木が身を挺《てい》して敵を削り、そこへ本隊を率いた殿が撃ちこむ。荒木の力を減らし、池田の武名をあげられる」

義村が認めた。

「池田勘右衛門尉を殺し、宇都宮なんとやらを討ち取った。すべて殿のためでござった。それを……」

村重が表情を苦く変えた。

「池田に長く仕えた譜代ではないゆえじゃ」

義村も苦い顔をした。

「それゆえに、儂は殿に賭けた。正統な池田の血筋ではなく、養子の殿にな。そのおかげで荒木は六人衆の一人となった。もちろん、そなたの働きもあったがな。だが、これだけではいかぬのだ。先手を任されるだけの武と信があるといえば聞こえはいいが、そのじつは、敵をすり減らすための道具でしかない。これではいつか潰される」

「はい」

父の言葉に村重は首肯した。

「見極めねばならぬ。殿と時勢、そしてなにより己をな」

「己を……」

「そうだ。己のできることとできないことをしっかりと知れ。そのうえで、時流を読め。どこに天下の流れがあるのかをな」

義村が息子に語った。

「よいか。決して天下を望むな。荒木ていどではとても届かぬ。池田でも無理だ」

「………」

冷静に言う父に、息子は黙った。

「不満か」

「男と生まれ、武将となったかぎりは、天下を夢見るのが当然でございましょう」

村重が述べた。

「わかるがな。天下を取るにはそれだけのものが要る。地の利、ときの利、そして人の利」

「地の利、ときの利はわかりまするが、人の利とはなんでございましょう」

指を折った父に村重は問うた。

「支えてくれる者を得られるかどうかよ。そなたに天下人《てんかびと》の器量を見て、与力してくれる者たちのことだ」

「与力してくれる者……」

村重は、繰り返した。

「そうだ。そなたのために戦い、傷つきながらも、人や金を集める。だけではない。そなたの尻《しり》を叩いてもくれる者」

「それだけの者は、なかなか得難いかと」

「得難い。なにせ、その器量たるや、己が天下を狙ってもおかしくはないほどでなければならぬ。それを五人や十人ではきかぬだけ集める。それがどれだけ至難の業《わざ》かわかるか」

義村が続けた。

「天下に名高い武田信玄《しんげん》公を見ろ。信玄公には山県昌景《やまがたまさかげ》、馬場信春《ばばのぶはる》ら、それぞれが一国の主《あるじ》となってもおかしくない男たちが何十人と付いている」

「では、天下を取るのは武田信玄公」

村重が訊いた。

「いいや」

はっきりと義村が首を振った。

「なぜでござる。甲斐は金が取れる豊かな国、そして信玄公は戦巧者だとも聞きまする。金と人と武、それだけそろっているならば、この乱世を統一できるはずでは」

村重が首をかしげた。

「一つだけ、信玄公には天下人に足りぬものがある。地の利じゃ。甲斐は遠い。京にいたるまで、どれだけの大名を切り従えねばならぬか」

「それでも一国の主たる器量を持つ配下がたくさんいるのならば、それくらいはできましょうに」

まだ村重は納得していなかった。

「わからぬか」

義村が、村重の目を覗《のぞ》きこんだ。

「強い相手に対する方法が……」

「あっ」

村重が小さな声をあげた。

「今回と同じ。被害を受ける者たちが手を組めば……」

「そうだ」

答えに至った息子を、義村が満足そうな目で見た。

「天下を取るには、ほぼ全軍を出さねばなるまい。となれば国元が留守になる。そこを襲われれば、本末転倒であろう。京に旗を立てたが、帰る場所がないとなりかねぬ」

「京では喰えませぬな」

「うむ」

村重の意見に義村が同意した。

京は山城国《やましろのくに》になる。山城国は小さく、そのうえ三方を山に囲まれており、耕作に適した土地は非常に少ない。とても天下を維持するだけの兵を養えなかった。

「信玄公には地の利がない。そして荒木にあるのは地の利だけ。どれか一つが欠けても取れないのが天下だ。大望は身を滅ぼすぞ」

「………………」

村重が無念そうに、口をつぐんだ。

「そろそろ日も暮れる。夜襲に警戒をいたせ」

義村が話を変えた。

兵たちが眠りこけて油断するだけに夜襲は効果が高い。もっとも見つからないよう灯をつけずに行軍するため、事故も多く、そうそうできるものではない。

とはいえ、数が少ない荒木の陣営である。夜襲を喰らえば、潰走《かいそう》しかねなかった。

「警戒を密にいたせ。少しでも敵の気配を感じたならば、報せよ」

経験豊かな父の助言に村重は従った。

眠れぬ一夜が明けると、敵陣から一騎の軍使が村重の陣中を訪れた。

「用件を聞こう」

先手を預けられている村重が、将として対応した。

「昨夜、室町御所より戦止めを命じるお使者あり、和田伊賀守、茨木佐渡守の両名はこれに従いまする。よって争いを停止したいとの申し出でございまする」

室町御所とは将軍のことである。仕掛けて来ておきながら、将軍の停戦命令が来たので矛を収めようではないかという虫のいいものであった。

「わかった」

承諾しながらも村重は油断していなかった。

「退却の陣形ではない」

敵陣を視察した村重は、与力として勝正から付けられた中川清秀《なかがわきよひで》に一軍を預けて警戒させた。

村重の予想は当たった。

退くと見せかけた敵軍が、不意に矛先を変えて突撃して来た。

本陣で受けた村重は、機を見て伏せ勢を出した。

「愚《おろ》か者に思い知らせてやれ」

「おうよ」

中川清秀が敵の背後に襲いかかった。

「わああ」

挟み討ちされた敵軍は、算を乱して敗走、中川清秀が和田惟政を追撃して打撃を与えるなど、荒木村重軍の大勝であった。

「追え、追え」

その勢いをかって村重は、茨木城を包囲した。

「高槻城より高山勢が出たよし」

物見が、茨木城への援軍が近づいてくることを報告した。

「これまでか」

戦いの連続は、将兵に無理がかかる。疲れは意外な失敗を呼びかねなかった。

「次は落とす」

村重は茨木城攻略を中川清秀に任せ、兵を引いた。

第二章

一

畿内《きない》が仲間内で争う愚行を犯している間に、天下は動きを見せていた。その動きは大和東大寺を逃げ出した十三代将軍義輝の弟覚慶を中心としていた。

還俗《げんぞく》して足利義秋《よしあき》と名乗りを変えた覚慶は、一色藤長《いっしきふじなが》、和田惟政らの手引きで、大和から伊賀を抜け、近江の和田館に滞在していた。しかし、近江は京に近く、いつ三好勢の追撃を受けるかわからない。さらに南近江の大名六角氏が三好三人衆と通じたという噂《うわさ》もあって、義秋は妹婿の若狭《わかさ》武田のもとへと逃げた。だが、その武田も家臣の叛乱《はんらん》が続き、義秋を掲げて京へ兵を出すだけの余力はなかった。

「武田も、上杉もあてにならぬ」

義秋が嘆息した。

還俗してから、何度となく義秋は、武田信玄、上杉謙信に書状を送り、兵を率いて上洛《じょうらく》してくれるように求めていた。

「近いうちに、敵を排し、お手元に参じまする」

上杉も武田も判で押したように同じ答えを返して来るが、なんの動きも見せなかった。上杉と武田は、信濃を巡って対峙《たいじ》していた。互いに相手が悪いので、上洛できないと言いわけをするだけであった。

「こうなれば朝倉を」

義秋は越前一国の太守朝倉義景《よしかげ》の力をあてにした。

朝倉家は越前一国のみならず、若狭や加賀の一部までを支配する大大名であった。一族にも名将が多い。

「朝倉と加賀の一向一揆《いっこういっき》の仲を取り持とう」

義秋は朝倉義景と加賀一向一揆の戦いを収めようとした。

加賀は守護のいない国であった。長享《ちょうきょう》二年（一四八八）、本願寺《ほんがんじ》加賀別院を迫害した加賀の守護《しゅご》富樫政親《とがしまさちか》を攻め滅ぼして以来、加賀は一向宗の支配する国となった。武士ではなく、百姓が支配する領土。これは戦国大名にとって決して認められるものではなかった。いつ、その波が己の領土まで侵してくるかわからない。朝倉義景は、何度も兵を興して、一向一揆と戦ってきた。

背後に一向一揆の衆徒がいる限り、朝倉も動けない。義秋は、はるか遠い、越後や甲斐ではなく、手の届くところで権威を見せようとした。

「お出でくだされ」

和解の仲介をすると申し出た義秋を朝倉義景は受け入れた。

「秋は一年の終わりに向かう季節。将軍となられるお方にはふさわしくないかと」

越前で落ち着いた義秋は、勧めを受けて名前を義昭《よしあき》とあらためた。

「どうぞ、ごゆっくりなされませ。ときがくればこの義景、かならずや御身《おんみ》のために立ちましょう」

義景はそう言って義昭を歓待した。

「なんとか上洛をしてくれぬか」

しかし、何度も義昭が頼んだが、朝倉義景は首を縦に振らなかった。

「なかなか一向一揆が……」

朝倉義景も近隣が不穏なことを理由にした。

「和睦《わぼく》を……」

義昭の仲介が功を奏し、朝倉と一向一揆が停戦したのは、永禄十年（一五六七）十二月であった。

「では、上洛を」

「急いては、ことをしそんじると申しまする」

義昭が年明け早々の進軍を求めたのに対し、朝倉義景ははっきりとした返答をしなかった。歌曲や詩歌に耽溺《たんでき》した朝倉義景は、戦《いくさ》や政《まつりごと》への興味をなくしていた。

「朝倉も駄目か」

落ちこんだ義昭のもとへ、吉報が舞いこんだ。

「是非に美濃《みの》までおいでくださいませ。尾張守《おわりのかみ》、かならずや御身を京までお連れいたしまする」

織田尾張守信長が使者をよこした。

「よろしかろう」

尊大に同意した義昭は、朝倉に別れを告げ、美濃岐阜へと移った。これが義昭の運を開かせた。

信長は、有言実行であった。

北近江の浅井《あざい》長政《ながまさ》と婚姻で同盟した信長は、南近江の六角氏を大軍で駆逐して、美濃尾張《おわり》から京への道筋を開いた。

義昭を美濃に迎えて一カ月しか経《た》たない永禄十一年九月、信長は上洛の軍勢を興した。

「美濃の織田……」

京に近い摂津に話が届くのは早い。

「誰だ、それは」

義昭が上洛するという噂を聞いた池田勝正が首をかしげた。

「美濃と尾張は斯波《しば》氏が守護であったな。織田とは聞かぬが」

「斯波氏の家老織田大和守の家来筋だそうでございまする」

「陪臣の陪臣か。そのようなものに上洛するだけの力などあるまい」

勝正が嘲笑《ちょうしょう》した。

「美濃の斎藤家を滅ぼしたと言いまするが」

家臣が付け加えた。

「斎藤も成り上がりではないか。しかも、斎藤を美濃の国持ちにした道三《どうさん》は、息子に背《そむ》かれて殺されたという。親子相克《そうこく》などしたことで弱った美濃を押さえるくらい、誰にでもできよう」

勝正は、信長を軽視した。

「義栄さまこそ将軍である」

足利義昭と織田信長の連名で出された京への召喚状を、勝正は破り捨てた。

三好三人衆に推された足利義栄はすでに十四代将軍に就任していた。もっともすんなりとはいかなかった。

永禄十年十一月、高槻の普門寺《ふもんじ》まで進出していた義栄は、将軍就任を朝廷へ求めたが、対価として要求された金額を用意できず、認められなかった。

松永久秀との戦いは、おおむね三好三人衆の優勢で推移していたが、完全に勝利したわけではなく、あちこちで小競り合いはあった。その戦費が膨大なものとなっているうえに、三好家の領地内での内部抗争で、所有している田畑や町が荒れ、年貢が大幅に減ったのも大きかった。三好三人衆の窮迫が、将軍就任の費用さえ出せないところまで落ちたという評判は、摂津、河内、和泉を不安定にしただけでなく、公家たちの離反も招いた。

「力尽《ちからず》くで」

金は金でも、黄金ではなく、鉄の剣を差し出してくれると、三好三人衆は朝廷を脅迫、永禄十一年二月八日、義栄は征夷大将軍《せいいたいしょうぐん》に任官、十四代将軍となった。

「京へはいけぬ。躬《み》は死にたくない」

将軍になったあとも義栄は、京へ入れなかった。

松永久秀の抵抗を恐れたのだ。

「我らがお守りする」

三人衆が、そう言ったところで、無意味であった。なにせ、その三人衆が十三代将軍足利義輝を襲撃しているのだ。

「背中も痛い」

さらに将軍就任のごたごたが原因なのか、義栄の体調は悪化、背中に大きな腫瘍《しゅよう》ができ、まともに眠ることもできなくなった。

「無理に動かされては、お命にかかわりましょう」

呼び出された京の名医、曲直瀬道三《まなせどうさん》も安静を指示したため、義栄は京へ入らない将軍という珍しい前例を作った。

「情けなし」

恐怖と病、ともに武家にとって致命傷である。

武家の統領たる将軍が、これでは人心を掌握できるはずもなく、畿内の安定はなされなかった。

そこへ足利義輝の弟義昭が、尾張の兵を率いて上洛した。織田信長を侮る者もいたが、動かない義栄に見切りを付けて義昭へ誼《よしみ》を通じる者も多かった。

九月、織田信長は同盟の徳川家康を同行、六万と称する大軍をもって、足利義昭を警固、抵抗する六角氏を滅ぼし、上洛した。

「なんという数」

六万もの大軍は、荒木村重の心胆を寒からしめた。三好三人衆が松永久秀と対抗するため阿波と淡路から集めた軍勢でさえ、二万に届かなかったのだ。

三人衆、松永久秀のかかわりなく、三好家が総動員をかけても三万人をこえるかどうか、池田家の動員力と比すれば八倍以上である。

猛将がいる、兵の練度が違う、士気が高いなどと理由を付けたところで、戦は結局のところ数であった。

「抵抗は滅びだ」

村重は信長への認識を変えざるを得なかった。田舎大名だと侮るのを止《や》めた。なにせつい先日南近江を領する六角氏が信長の攻撃であっさりと消え去っている。さらに三人衆の一人岩成友通が、京の西南、西国街道《さいごくかいどう》を扼《やく》する勝竜寺城《しょうりゅうじ》に籠《こ》もって抵抗したが、わずか二日で落ち、敗退している。織田軍強しの噂はたちまち畿内に拡《ひろ》がった。

織田軍が京に入ると、畿内の小名は旗を捧《ささ》げた。小名だけではなかった。三人衆に押さえこまれていた三好義継、松永久秀も膝を屈した。

とくに摂津は池田勝正を除くほとんどが、足利義昭に従った。

「尾張の田舎者などに負けぬ。一度、阿波へ退くが、兵を整えてふたたび帰る」

「ご懸念なく。お戻りあるまで、摂津で織田を留めておきましょう」

三人衆の言葉を受けて勝正が池田城へ籠城《ろうじょう》、織田への反抗をあきらかにした。

「無駄でござる」

「後詰めなき籠城に勝利はございませぬ」

池田知正《ともまさ》と荒木村重の諫《いさ》めも、勝正には届かなかった。

「このままでは摂津を和田などというよそ者に奪われるではないか」

勝正が怒りを発した。

義昭の忠臣和田惟政は、大和からの脱出を手引きしただけでなく、その後も義昭に付き従い、近江、若狭、越前、尾張へと流浪した。

今回の上洛の功臣として、和田惟政には織田信長より摂津が与えられるのではないかという噂が駆け巡っていた。

「伊丹もそうだ。さっさと織田などに尾を振った」

摂津の西を領する伊丹親興《ちかおき》もいち早く、信長へ与《くみ》した。

伊丹と池田は領地を接していることもあり、仲が悪かった。相手の砦《とりで》を奪い合う、怨敵《おんてき》同士であった。その敵が先に織田の軍門に降《くだ》った。勝正としては、その後塵《こうじん》を拝するのは矜持《きょうじ》が許さなかった。

「なにより将軍家は義栄さまである」

勝正が述べた。

大義名分であった。いかに京へ入っていなかろうが、義栄は朝廷から任じられた征夷大将軍である。その義栄を抱える三人衆に従うのが、武家の筋であり、大軍を興して上洛した信長は謀叛人であった。

「しかし、織田への抵抗は無理でございましょう。このままでは、滅びまする」

冷静になれと村重が勝正へ諫言《かんげん》した。

「三人衆が戻って来てくれれば、勝てる。摂津から織田を追い出し、京へ義栄さまを奉じて進軍すれば、たちまち織田は朝敵じゃ」

力で朝廷を押さえれば、問題はないと勝正は否定した。

「なにより、ここで三人衆に恩を売っておけば、戦後の褒賞は大きいぞ。まず摂津一国はもらえよう。いや、それどころか河内にもな」

勝正が興奮した。

大名は、戦で勝って領地を拡げるのが仕事である。勝正の考えは正しかった。

「…………」

知正が村重を見た。

「…………」

小さく頭を左右に揺すって、村重が駄目だと合図した。

「持ち場へ就け。池田城は堅城だ。そうそう破られはせぬ」

勝正が二人に手を振った。

「ごめん」

「はっ」

一礼して勝正の前を下がった知正と村重が別室へ移動した。

「ご当主さまの言うように勝てると思うか」

知正が問うた。

「難しゅうございましょう」

村重が首を振った。

二人は義理の兄弟であった。知正は勝正の先代長正の長男であり、村重はその妹を正室として迎えていた。

「かといって三好三人衆の力は侮れぬ」

「はい」

知正の意見に村重も同意した。

三好家はもともと阿波を本拠としていた。それが管領の細川家に付き従って進出、山城国の下半分を領してから畿内へと勢力を張っていった。

三好が一気に大きくなったのは、三好義継の父長慶の代であった。主家の細川から独立、優秀な一族の助けもあり、たちまち畿内を制圧、管領細川、十二代将軍義晴を放逐、京を制圧した。その後も敵味方を入れ替えながら勢力を拡げ、最盛期には阿波、淡路、摂津、和泉、讃岐、山城、播磨と河内の一部を手中にした。さらに三好に与力する大名の勢力圏として近江、若狭、伊賀があり、ほぼ畿内すべてを勢力下に置いた。

だが、三好長慶の死で一大勢力圏が崩壊しただけでなく、三好三人衆と長慶の息子義継と松永久秀に分かれて内部抗争を起こし、その影響力は大きく衰退した。

それでも三好三人衆は、淡路、阿波、摂津、播磨と河内の一部を支配している。三好三人衆の反撃を信じる勝正の考えがまちがっているとは言い切れなかった。

「六万の大軍をいつまでも京に滞在させるわけにもいきますまい」

「ああ」

村重の指摘に、知正もうなずいた。

軍というのは金食い虫である。兵の数が増えれば、消費も多くなる。戦うことで消耗する武具の手配も面倒だが、なによりも兵糧《ひょうろう》が問題であった。

兵たちはおよそ、一日に五合の米を喰《く》った。それが六万人分である。単純に計算しただけで、一日に三万升、石にして三百石もの米が要る。一カ月で九千石、米以外の味噌《みそ》や塩、漬けものなどを換算して加えれば、一万石をこえた。

「織田がどれだけ金を持っていても、これだけの浪費に耐えられるか」

「一部は、織田に膝《ひざ》を屈した近畿の武将たちに供出させましょうが、それでも無理だと」

村重が否定した。

「保《も》って二カ月だろう」

「年内一杯がよいところかと」

織田が脅威なのは、軍勢の数であった。

「京に残せるのは、一万か」

「一万も無理でしょう。聞くところによりまするると、織田の領国は武田や北畠《きたばたけ》などと接しており、いつ襲いかかられてもおかしくない状況だそうでございまする。今回は義昭さまの上洛の供という大義名分で押さえているようでございますが、用を果たした今、そんな約定など消えたも同然。いつ領国へ敵が襲い来るかわかりませぬ。京を押さえたが、領国は奪われたでは、天下の笑いものでござる」

村重が首を左右に振った。

「ふむ。では、ここはご当主どのに従うべきだな」

「それがよろしゅうございましょう」

二人がうなずき合った。

二

しかし、信長は三好三人衆の帰京を待つほど愚《おろ》かではなかった。それまでに従わぬ池田勝正を落とすと攻めた。

「池田城をひともみに潰《つぶ》せ」

信長は傘下に入った摂津の兵を先導に池田城を大軍で囲んだ。

「持ちこたえよ、かならず援軍は、三好三人衆は来る」

勝正は、兵を鼓舞して信長の軍勢を迎え撃った。

池田城は十五丈（約五十メートル）ほどの小高い丘の上に設けられていた。その西を崖《がけ》とし、北を杉谷川、残る東南に深い堀を擁した要害であった。

「押せええ」

信長についた高槻城主の入江《いりえ》春景《はるかげ》、伊丹城主伊丹親興の兵たちが、城門を目指して迫った。

「弓矢の馳走《ちそう》じゃあ」

表門を受け持った村重が、弓足軽へ命じた。

数百の矢が、迫り来る兵を襲った。

「うわああ」

足軽などは弓矢への防御はないに等しい。たちまち数十の兵が倒れ、勢いが落ちた。

「門を開けよ。撃って出る」

村重が大手門を開けさせ、兵を率いて飛び出した。

「荒木信濃守じゃ、吾《われ》と思わん者は名乗りをあげよ」

大音声で村重が叫んだ。荒木の当主となった村重は、父の下で縛られていた日々を過去のものとするように武を思うがままに奮った。

「荒木だ。よき首ぞ」

名乗りを聞いた足軽たちが、村重を狙《ねら》って群がった。

「雑魚《ざこ》が……」

村重は槍《やり》を振るって、足軽たちを突き殺した。

「ひっ」

一撃で一人死ぬ。村重の周りに死体が積まれた。

「殿をやらせるか」

荒木家の家臣たちも奮戦した。

「かなわぬ」

伊丹、入江の足軽たちが退《しりぞ》いた。

「よし、戻るぞ」

打撃を与えたと判断した村重が、馬を返した。

三日間、おなじような戦いが繰り返された。

九月三十日、芥川《あくたがわ》城に籠もる三好長逸を下した信長は、将軍となった義昭を伴い、池田城を見下ろす北山に進出した。

信長と義昭の引き連れた軍勢を合わせ、合計四万となった大軍が、池田城を取り囲んだ。

「将軍家ご上覧の戦じゃ。ここで手柄を立てれば、将軍さまへのお目通りをいただける。武士としてこれほどの栄誉はない」

先陣の兵たちが勇んだ。

魚住隼人《うおずみはやと》、山田半兵衛ら信長の馬廻《うままわ》りも馬を駆った。

合戦に備えて急遽《きゅうきょ》造られた城の外構えを奪い合って、激戦が繰り広げられた。

数に優る信長方が、押しこんだ。

「なんのさせるか」

村重が槍で突きまくった。

「ぎゃっ」

「こいつは駄目だ」

外構えは広い。なにも村重の相手をしなくても攻め口はいくらでもある。兵たちが左右に散った。

「情けなし、織田の兵」

村重が落胆した。

「見事な武者振りよな」

その働きを信長が見ていた。

「囲んだだけで逃げ出した三好の兵とは違う」

信長が感心した。

「大丈夫かの、弾正忠《だんじょうのちゅう》どの」

義昭が不安そうな顔をした。義昭は自分を将軍にしてくれた信長を弾正少弼《だんじょうのしょうひつ》に任じていた。

「公方さまがご案じなさることはござりませぬぞ。我らは五万、池田は五千。勝負はついておりまする」

力強く信長が胸を張った。

戦場では、自軍を多く、敵を少なめに言うのが慣例であった。

「そうか、ならば安心じゃな」

ほっと義昭が安堵《あんど》した。

「一度陣形を整えよ」

信長が退き鉦《のがね》を鳴らさせた。

「逃げていくぞ。勝った」

織田方が退却していくのを見た池田方が歓喜した。

「愚か者が。よく見ろ。あれが敗走していく形か」

気を抜いた兵たちを村重は叱《しか》りつけた。

「えっ。ではなぜ、退いているので」

わからないと兵が問うた。

「おそらく陣形を整えて、総攻撃をかけてくるつもりだろう。次は、今のようにはいかぬぞ。武具の点検と壊された柵《さく》の修理を怠るな」

村重は油断を戒めた。

「総攻撃……」

「あの数が押し寄せてくる」

外構えは、もっとも敵と激しく当たる。相手が退いてくれたから、なんとかもったが、あのまま攻撃が続いていれば、いずれ破られていた。それを今まで織田の先鋒《せんぽう》とやり合っていた池田の兵はわかっていた。

「池田の城は、天下の険だ。外構えを落とされても、堀を構えた本城はこたえぬ。いざとなれば、我らはここを放棄して城へ入ればいい。我らの仕事は外構えの死守ではない。織田方に損害を強《し》い、戦を長引かせることだ。さすれば万余の援軍が来てくれる」

「退いてもよいのでございまするか」

おずおずと兵が尋ねた。

「当たり前だ。死ぬべきはここではない」

村重が断じた。

「ああ」

兵たちが表情を緩めた。

「少し殿のもとへ参る。よく見張っておけ。なにか異変があれば、鉦を叩いて報せよ」

命じて村重は、主君池田勝正のもとへ赴いた。

「ご苦労であったな、信濃守」

勝正が村重の奮戦をねぎらった。

「手応《てごた》えがございませぬ」

村重が織田の兵をあざけった。

「さすがは、池田で武勇一の誉れ高い信濃守よな。豪儀、豪儀」

手を叩いて勝正が褒めた。

「もつか」

「十日ならば」

援軍が来るまで耐えられるかという問いに、村重は日限を切った。

「……十日か」

「兵糧《ひょうろう》は保ちまするが、矢がつきまする」

矢は接近してくる敵の勢いと数を減らす重要な要素であった。弓矢の援護なしで接近となれば、数の差は絶対となった。

「十日あれば、阿波からでも淡路からでも間に合うな」

勝正がほっと小さく息を吐いた。

「来ましょうか」

「……来る。三人衆はかならず軍を出す」

己に言い聞かせるように勝正が宣した。

「あれは……鉦の音」

村重の耳に激しい音が響いた。

「織田が来たか」

勝正も緊張した。

「ご注進、ご注進」

にわかに城中が騒がしくなった。

「何ごとぞ、騒がず落ち着け」

勝正が怒鳴った。

「殿、ご報告申しあげまする。織田軍が城下に火を放ちましてございまする」

「なにっ」

駆けこんできた兵の言葉に、勝正が驚愕《きょうがく》した。

「城へ飛び火させてはならぬ」

村重が兵に命じた。

「つきあえ、信濃守」

勝正が、小走りで見張り櫓《やぐら》へ向かった。

「しばらく誰もこさせるな」

見張りの兵に命じた勝正が城の本丸にある物見台へと上がった。

「……燃えている」

池田の城下町のあちこちから煙が上がっていた。

「わかっていたことだが……」

勝正が唇を噛《か》んだ。

籠城する敵を攻めるとき、城下を燃やすのは常道であった。その目的は、城までの見通しを把握する、張られた罠《わな》を潰すだけではなく、火の恐ろしさを見せつけて籠城している兵たちの心をくじくなど多岐にわたった。

「……すさまじい数よな」

物見台から煙ごしに北山を望んだ勝正が震えた。

「はい」

半歩後ろに控えた村重も同意した。

「保つか」

もう一度勝正が尋ねた。

「無理でございまする」

問われた村重は否定した。状況が変わった。外構えの一つであった城下が焼かれたのだ。燃えさかる火は、消火作業を嘲笑《あざわら》うように城郭へ迫っていた。

「外構えを失っただけならば、まだどうにかなりましょうが……兵たちの動揺は」

城下を焼き払うことで見通しをよくする。これは守る側からも、攻め手の全容が見えることを意味した。

「あの数を見れば、折れても無理はないな」

勝正が納得した。

「織田を侮っていた」

「無理もございませぬ。織田は尾張の半分も領していなかった小名の出。ここまでの兵を動員できるなどとは思いませぬ」

抵抗すると決めた勝正の判断を、今さら村重は非難しなかった。

「無念ながら名分ももうない」

勝正が苦く頬《ほお》をゆがめた。

「十四代将軍であった義栄さまは亡くなられた」

体調を崩していたところに、信長の担ぎあげた義昭が京に入った衝撃が加わった義栄は、あっさりと死んでしまった。病弱な父義冬《よしふゆ》に代わって三好三人衆に担ぎ上げられた義栄は、一度も京の地を踏むことなく、三十一歳の若さでこの世を去った。

「これまでだな」

「はい」

村重もうなだれた。

「明日、降《くだ》る」

「…………」

降伏すると言った勝正に、村重は無言で賛意を示した。

翌日、池田勝正は荒木村重ら重臣を引き連れて、北山へ出向き、信長の前に膝を折った。

「公方さまに楯《たて》突《つ》きましたこと、心よりお詫《わ》び申しあげまする」

床几《しょうぎ》に腰掛けている義昭と信長の前で勝正が頭《こうべ》を垂れた。

「不埒者《ふらちもの》めが」

義昭が罵声《ばせい》を浴びせた。

「はっ」

一層、勝正が頭を下げた。

「公方さま、よろしいではございませぬか。過ちを認め、公方さまの膝下《しっか》に入ると申しております」

信長が間を取り持った。

「弾正忠がよいというならば、許す」

義昭が怒りを収めた。

「池田筑後守」

厳しい声を信長が出した。

「本領安堵《ほんりょうあんど》してつかわす。せいぜい励め。二度目はないぞ」

「はっ」

「えっ」

一瞬、勝正が唖然《あぜん》とした。

軒並み信長になびいた摂津で、唯一敵対したのだ。領土を削られることを覚悟していた。それが、咎《とが》められなかった。

「かたじけのうございまする」

勝正が感激した。

「…………」

勝正に合わせて、村重たちも低頭した。

摂津最大の、いや畿内最大の抵抗勢力であった池田が降伏したことで、和泉、河内、大和、山城は信長の支配下に入った。

芥川城へ戻った信長と義昭のもとへは、五畿内と隣国の領主たちが、それぞれの手に土産を持って訪れた。

「松永弾正久秀が、つくもかみの茶入れを献上したそうだぞ」

破損した外構え、城門を修復する槌音《つちおと》のなか、池田勝正が驚いていた。

つくもかみは、唐渡《からわた》りの焼きもので、茶の道具として天下の名物であった。国一つに値するとまで言われ、数寄者《すきもの》として知られる松永久秀が、なによりもたいせつにしていたものである。

「それは……」

「思いきったことを」

池田知正と村重が感心した。

「己の命よりは安い」

勝正が小さく笑った。

「なにせ松永弾正は、公方さまの兄義輝さまを襲った一人だからな。二条御所には直接行かなかったとの言いわけはできるだろうが、松永の兵がいたのは確かだ。いや、それよりも公方さまを監禁したのは、松永弾正だ。公方さまから恨まれる覚えは、山ほどあるだろう」

「命乞《いのちご》いに茶入れ一つでございますか」

兄を討たれたうえ、己も殺されかけたのだ。釣り合わないのではないかと村重は首をかしげた。

「織田どのが、公方さまを押さえるであろう。織田どのもいつまでも畿内に大軍を派遣しておけぬ。少しでも敵を減らし、味方を増やしておきたいはずだ」

勝正が説明した。

「公方さまが納得なさいましょうか」

重ねて村重は疑問を口にした。

「せざるを得まい。公方さまを将軍にしたのは織田どのだ。織田どのが許せば、公方さまは了承されるしかない」

勝正が答えた。

「織田どのの思うがままだと」

「ああ。もっともこのまますんなりとはいくまいがな。織田どのが国へ帰られてからが勝負だ」

確認した村重へ、勝正が首を小さく振った。

「三人衆が兵をあげたなら、いかがなさいまする」

知正が訊《き》いた。

「織田どのにつく……三好三人衆は頼むに値せぬ」

勝正が宣した。籠城へ援軍を出してもらえなかった。援兵の準備ができたという使者だけでもよかった。それさえなかったのだ。

降伏した将は首を獲《と》られても文句を言えない。信長と義昭の前で平伏したときの恐怖と本領を安堵してもらった感謝が、勝正をして三好三人衆を見限らせた。

「京から一時退くのは、状況次第でやむを得ぬ」

死守は、意味がなかった。死んでしまえば、捲土重来《けんどちょうらい》の機会はなくなる。臥薪嘗《がしんしょう》胆《たん》してでも、機を窺《うかが》うべきであった。

「だが、三人衆はまちがえた。芥川城を放棄するのはいい。ただそのまま敵にくれてやるなど愚か。火を付けて使えぬようにすべきであるし、城を出た兵を引き連れて、この池田城に籠もるべきだった。たしかに数千の兵が増えただけでは、大勢に影響はないが……三人衆の一人三好長逸が入ることで、見捨てられるのではないか、援軍が来ないのではないかという兵たちの不安は消える」

「はい」

村重も理解した。

「それさえ見えぬ連中に、池田の未来《さき》は任せられぬ」

正論であった。

「戦支度を解いてもよいが、村重、いつでも出られるように騎馬武者をまとめておけ。数は二百ほどでいい」

勝正が命じた。

三

十月二十六日、義昭を将軍にするという目的を果たした信長は、わずかな兵を残して、京を後にした。

永禄十一年（一五六八）は無事に暮れた。が、きな臭い匂《にお》いは、正月の京に漂った。

「河内に行けば、仕事があるらしい」

最初は浪人たちの間に流れた噂であった。

乱世である。主家を失った浪人は多い。また、仕えるに値しない主《あるじ》を見限った浪人もいる。そして浪人たちは、新たな主君を求めて、天下の中心たる京《みやこ》に集まって来ていた。その浪人たちが動いた。

「将軍の座を奪った義昭を討つ」

一月四日、三好三人衆と信長に領土を奪われた斎藤龍興《さいとうたつおき》、長井隼人佐《ながいはやとのすけ》らが挙兵した。

「六条御所を落とせ」

先手として薬師寺九郎左衛門貞春《やくしじくろうざえもんさだはる》が六条御所とされた本圀寺《ほんこくじ》へ襲いかかった。

「公方さまを守れ」

本圀寺には明智光秀《あけちみつひで》ら数百の手勢しかいなかったが、その意気は軒昂《けんこう》であった。

とくにかつて義昭が在していた若狭から派遣された山県源内《やまがたげんない》、宇野弥七《うのやしち》の二人はすさまじかった。

「この謀叛人どもが」

本圀寺へ入りこもうとする薬師寺勢へ斬《き》りこみ、さんざんに先手を荒らし回った。

「おのれっ」

「無念」

とはいえ、多勢に無勢、そのうえで突出したのではどうしようもない。二人は、槍で蜂《はち》の巣《す》のようにされて討ち死にした。

「二人の死を無駄にするな」

山県と宇野の奮戦で多少とはいえ態勢を整えることができた本圀寺勢は、弓矢での応戦をおこなった。

「ぎゃっ」

たちまち三十人ほどが射抜かれた。

「ええい、退け、退け」

日暮れとも重なり、薬師寺は攻撃を断念した。

「六条御所が襲われた」

急報は昼すぎに池田城まで届いた。

「我らに味方せよ。京を落としたあかつきには、摂津一国を与える」

追うように三好三人衆からの勧誘が来た。

「お断りする」

三人衆の使者の言葉を、勝正はきっぱりと断った。

「信濃守」

「いつでも」

行けるかと訊く勝正に、村重は首肯した。

「六条御所の守りは薄い。急げ。兵どもは後から来い。知正、後を任せる」

「承知」

池田知正が受けた。

「出るぞ」

した」


勝正が馬に蹴《け》りをくれた。

「三好左京太夫《さきょうのだいぶ》、細川兵部大輔《ひょうぶたいふ》、池田筑後守、伊丹兵庫頭《ひょうごのかみ》らが、兵を寄せて参りました」

本圀寺を囲んでいた薬師寺のもとへ報せが来た。

「ええい。このままでは挟み討ちになる。本圀寺は後だ。援軍を叩く」

薬師寺が本圀寺の囲みを解き、洛中への入り口である桂川《かつらがわ》の東岸に兵を移した。

「かかれっ」

敵を認めた池田勝正が、鐙《あぶみ》の上に立ちあがり手を振った。

「承った」

荒木村重が馬のまま桂川へ乗り入れた。

「射よ」

薬師寺が弓足軽に撃ちかけさせた。

「弓矢八幡《はちまん》」

加護を願い、村重は兜《かぶと》を伏せ、左小手で喉《のど》をかばい、そのまま突っこんだ。幸い、弓矢は村重には当たらなかった。

「ええい。迎え撃て」

弓矢は近づかれると使えなくなる。薬師寺が迎撃を指示した。

「武者振り、見事なり。吾こそは吉成勘介《よしなりかんすけ》」

薬師寺の陣営から若武者が躍り出た。

「相手にするには不足なれど、来い」

村重が受けた。

二人だけではなかった。どちらの陣営からも武名と手柄を求める武者たちが飛び出し、桂川の浅瀬でかち合った。

「おう」

「なんの」

吉成の突きを、村重がいなした。

「喰《く》らえ」

「甘い」

そのまま槍で叩こうとした村重の一撃を、吉成が受け止めた。

「ふん」

鼻先で笑った村重が、そのまま槍で吉成を押さえつけた。

「く、くそう」

十二歳のとき、片手で石臼《いしうす》を摑《つか》んで、座敷を一周した荒木村重である。その膂力《りょりょく》は数人分ある。

最初耐えていた吉成が、ついに崩れた。

村重の槍が吉成の防御を破り、兜を叩いた。

「ぐあっ」

兜を叩かれると、その衝撃で人は気を失う。吉成が馬から落ちた。

「よくもった」

相手を讃《たた》えながら、村重の槍が吉成の喉を突き破った。

乱戦は一進一退を繰り返し、どちらが優勢ともつかない状況が続いた。

「公方さまをお守りするのだ」

だが、疲れがたまると大義名分を持つ方の士気が勝った。

「わああ」

池田勢の一人池田清貧斎が率いる騎馬武者たちに、桂川を渡られてしまった薬師寺勢は蹂躙《じゅうりん》された。

騎馬武者の威力は、高いところから突き落とすような槍もさることながら、人の何倍もの体重を使った馬体の圧力こそ脅威であった。

「踏みつぶされる」

足軽のお仕着せ胴丸など、馬の蹄《ひづめ》に蹴られれば紙のように破れる。あっという間に薬師寺勢の陣営が崩壊した。

「これまでか」

薬師寺勢が逃げ出した。

「追え」

逃げる敵ほど楽なものはない。鎧《よろい》は前を守るようにできており、背中は弱い。

「高安権頭《たかやすごんのかみ》を討ち取ったり」

「林源太郎の首獲ったり」

あちこちで勝ち名乗りが上がった。

「戻れ、陣を組め」

あるていどのところで勝正が追撃を中止させた。

「深追いするな」

村重も馬の手綱を引いた。

勝ちに気がうわずって、敵を追い続けると周りが見えなくなる。いつの間にか、味方から離れてしまい、反撃を受けて命を落とすことも多い。

なれど武士は敵を討ち取って手柄を立てることで褒賞を受け、生きている。あまり早く制止すると、家臣たちが不満を抱く。かといって遅すぎると、逆襲を受けて勝っていた戦《いくさ》が負けに変わりかねない。

引き際を見抜くのも名将の条件であった。


本圀寺が襲われたわずか四日後、織田信長が急ぎ上洛してきた。たった十騎という少数で駆けつけた信長は、桂川の合戦で手柄を立てた池田清貧斎らに褒賞を与えたあと、義昭の安全をはかるため、新しい二条御所の建築を決めた。

「なんともはや、思い切りのよいお方じゃ」

村重は信長の身軽さに驚いた。

「六角の残党など気にもしておられぬ」

三好三人衆と同心し、十五代将軍足利義昭の上洛を阻もうとした六角義賢《よしかた》は、居城の観音寺《かんのんじ》城を追われたとはいえ、甲賀に逃げこみ再起を虎視眈々《こしたんたん》と狙っている。北近江の浅井長政と義兄弟の仲だからといって、近江を単騎に等しい状況で横断するなど常軌を逸していた。

「いや、単に気が逸《はや》るだけなのかも知れぬ」

村重は信長の素質に疑問を抱いた。

池田城の戦いに負け、降伏したときに会ったが、あれはその他大勢としていただけであり、言葉一つかわしてはいない。村重は信長という人物を推し量るだけの材料を持っていなかった。

「どう考えてもまともではない。たった十騎など来たところで、焼け石に水どころか、足手まといでしかない」

村重が首をかしげた。

もし、薬師寺勢が本圀寺の包囲を解いていなければ、信長たちは飛んで火に入る夏の虫になった。それこそ、蟻《あり》のように薬師寺兵たちにたかられて、首を落とされただろう。

「信長さまが近づいていると知ったなら、薬師寺は我らとの決戦を無視してでも、そちらへ全力を向けただろう。今、信長さまが亡くなられれば、公方さまは失墜する」

腕を組んで村重は悩んだ。

足利義栄が三好三人衆の力を背景に十四代将軍となったのと同じく、義昭は信長の後押しで十五代将軍となれた。つまり信長が死ねば、義昭も終わる。

「それがわかっていないのか」

村重は困惑した。

義昭のいる六条御所、本圀寺が襲われた。その報を受けた信長の取るべきは、前回の六万とはいわないが、せめて三好の残党を抑えこめるだけの数の兵をそろえてから、上洛することだ。

「それで公方さまのお命が救えなくとも……御輿《みこし》はまだある」

武家として考えてはならないと知りながらも、村重は思わずにはおれなかった。

足利義昭の代わりはいた。足利幕府は創始者である尊氏《たかうじ》の血によって受け継がれていく。ようは、足利尊氏の血を引いていれば誰でも将軍になれる。

堺公方、鎌倉《かまくら》公方《くぼう》などの分家を多く作った足利の子孫は多い。往時に比べて見る影もなくなったとはいえ、今川《いまがわ》氏も足利の分家である。現当主の今川氏真《うじざね》が将軍になっても不思議ではない。もっとも父の義元を討った信長のもとではありえなかった。

「十騎できたことで、得られるのは……」

誰が思索したところで、無謀でしかないまねをした目的を村重は思案した。

「……公方さまの感謝か」

村重は思い当たった。

事実、急を聞いて駆けつけた信長の姿に、義昭は涙して喜んでいる。前回は、殺されずにすんだが、今度はそうはいかなかった。本圀寺から抜け出せないよう、あたりは十重二十重《とえはたえ》に取り囲まれていたし、なにより三好三人衆は義昭を殺すために兵を挙げたのだ。

敵方の鬨《とき》の声の響きに、義昭は恐れおののいた。

「御父《おんちち》」

義昭は信長をこう呼んでいるという噂もある。

「公方さまの感謝を求めてどうなる……恩賞といったところで、幕府に織田家へ与える領地などない。官位ならいくらでももらえようが……」

将軍は大名たちへの官位斡旋《あっせん》を仕事としている。実質将軍は、大名に官位を与えることによって、礼をもらい、それで生活していた。

「官位といっても、形だけだ。実利などない」

村重は首を左右に振った。

武家の官位は朝廷によって令外《りょうげ》、名ばかりのものとされていた。村重の名のりである信濃守がいい例であった。信濃守は、その示すとおり信濃国を治める役職である。が、摂津の国人の村重にできるはずはない。当たり前ながら、村重は信濃に一度も行ったことはない。

もっとも朝廷も実権を失って久しく、官位に見合うだけの力はない。公家のなかにも信濃守はいるが、赴任もしないし、政にも携わらない。今の信濃は、武田信玄と上杉謙信の両雄によって、争奪されている戦場でしかなかった。

「ではなんのために命を張る……」

どう考えても、村重には信長のした無謀としか思えない行動の意味がわからなかった。

足利義昭の二条御所の造営のため、五畿内だけでなく尾張、美濃、伊勢《いせ》、三河《みかわ》、近江、若狭、播磨、丹波、丹後から人を出せと信長が命じた。

「十四カ国か。多いな」

もちろん池田家も応分の負担を命じられ、領地から人足と監督する武将を京へ出さなければならなくなった。もちろん、その人足の日当、食費などは池田の負担であった。

「今の織田さまの力が及ぶ範囲」

「ああ。三好よりも多い。だが、松永弾正久秀の大和は入っていない」

村重の言葉に池田勝正が付け加えた。

「松永弾正は、心から織田さまに屈していないということでございまするや」

「それもあるだろうが、公方さまが嫌がられたのかも知れぬ。古き二条御所で義輝さまが三好と松永の兵によって殺された。それを思い出させるからではないか」

勝正が推測した。

「公方さまの信用を得ていない……松永弾正がこのままで耐えましょうか。いつ義昭さまのお怒りが向くかわかりませぬのに」

「わからぬ。ただ、今回の普請の手伝いは、織田どのの天下取りの一歩だ。これにどう従うか。信長どのは見ているぞ」

信長が造営の手伝いを命じたところが、今、織田に与している国であった。

「他よりも多く出さねばならぬ。とはいえ、金が湯水のように消えていくのはきつい」

「はい」

腹立たしそうな勝正に、村重はうなずいた。

「我らは織田の譜代ではない。織田にとって勝てないからと腰をかがめた敗者でしかないのだ。失っても惜しくない楯代わりじゃ。それはわかっている。とはいえ、すり潰されてはたまらぬ」

勝正が険しい顔をした。

「少なくとも、一枚目の楯ではなく、二枚目三枚目にならねばならぬ。それこそ、毛《もう》利《り》や武田、上杉相手の先鋒は避けたい。そのためには、織田どのの機嫌を取らねばならぬ。多目の人足に、普請場で皆をまとめ、もめ事などを起こさぬように監督もいる」

「仰《おお》せの通りでございまする」

村重も同意した。

「わたくしめが」

「行ってくれるか」

「はい。見事二条御所を建ててみせましょうぞ」

村重が人足の監督を引き受けた。

将軍の住居を建てる。これを拒めば、謀叛人になる。

手伝いを命じられた領主たちは、こぞって人足を出し、競って普請をおこなった。

堀を深く、石垣を高く、将軍の御所としてふさわしいだけの規模を求められた壮大な普請は順調に進んだ。

「公方さまのご住居である。堅固なことはもちろん、その格にふさわしいだけの華美さがなければならぬ」

信長は館《やかた》と庭園に力を注いだ。

「細川藤賢《ほそかわふじかた》より、庭石を献上いたしたいとの申し出があった」

満足そうに信長が述べた。

「二条へ運べ」

信長が命じた。

細川が献上を言い出した庭石は、京でも有名な巨石であった。藤戸石はもともと管《かん》領《れい》細川家に代々伝わったもので、その高さ一間（約一・八メートル）、幅三十五尺（約十・一メートル）あった。

「とても動きませぬ」

顔を赤くしてがんばった人足たちだったが、微動だにしない藤戸石に音を上げた。

「余が参る」

信長自ら細川邸へ出向いた。

「このままではいかぬ。なんとしてでも動かして、京人《みやこびと》の肝を抜いてやろう」

そう言って、石に結ばれていた綱を信長は一度解かせた。

「綾絹《あやぎぬ》で石を包め。それに縄をかけ、縄の隙間《すきま》に花を活けよ」

信長はまず石を飾り付けた。

「よし、囃《はや》したてよ」

笛や太鼓を鳴らさせながら、信長が先導して石を引かせた。

「なんともはや、派手な」

「見事じゃなあ」

京の人々が目を剝《む》いた。

「それ引け、やれ引け」

扇を振りながら信長が、人足を鼓舞した。

「信長さまの御前じゃ、皆、力を見せよ」

人足たちものった。石がゆっくりと動いた。

「これはなんとも、派手なことだ」

村重も見物に出た。

「…………」

行列の先頭を石に乗って目立ちながら進む信長の周囲に村重は気を配った。

「刺客が潜んでいたらどうするつもりだ」

村重はあきれていた。

「……あれは」

見物の人々のなかに、冷めた目をする男たちが何人もいた。男たちは石ではなく、見物客に目を向けていた。

「しっかり陰警固はつけているというわけだ」

村重は信長が油断していないことに気づいた。

「十騎で駆けた御仁《ごじん》とは思えぬ」

ますます村重は、信長がわからなくなった。

四月二日、御所造営の褒美を諸将に渡し終わった信長が、岐阜へと旅だった。

「公方さま御自ら信長公の盃《さかずき》に、酒を注《つ》がれたそうじゃ」

京はこの噂でもちきりであった。

兵力、財力がどれほどあろうとも、信長は将軍の家臣でしかない。これは武家すべてに当てはまる。その家臣の盃に、将軍が酒を注いだ。まさに驚天動地の出来事だった。

大名への褒美として、将軍から盃を賜《たまわ》ることはままある。

「盃を取らせる」

将軍がこう言ったときでも、普通は小姓や側近が代わって酒を注ぐ。将軍自らおこなうなど、異例中の異例であった。

「これは公方さまが、いかに信長どのへ感謝しているかを表しているには違いないが……」

噂を聞いた勝正が難しい顔をした。

「公方さまの気遣いがかえってよくないと」

村重が悟った。

「うむ。信長どのが実質の天下人であることは、まちがいない。それでも将軍家は立てねばならぬ。将軍は武家の統領なのだ」

勝正が嘆息した。

「信長どのを父と呼ぶ。これが、のちのちの禍根とならねばよいがな」

「…………」

勝正の懸念に村重は同意できなかった。

「父……」

将軍にそう言われる。村重は信長をうらやましいと思った。

永禄十三年（一五七〇）四月、二条御所の完成を祝う能がおこなわれた。

「観世《かんぜ》、金春《こんぱる》の二流の競演じゃ」

信長が自慢げに述べた。

姉小路《あねがこうじ》中納言、北畠中将をはじめとする公家諸将、徳川家康、松永久秀らも、招かれた。五畿内の領主も出席を許され、池田勝正も参席した。

荒木村重は池田勝正の家臣でしかなく、この能を見ることはできなかった。昼から夜まで七番の能のあと酒食が饗《きょう》され、池田勝正は一夜を京で過ごし、翌朝居城へ帰ってきた。

「信長どのは、またも官位を断られた。やはり今回も公方さまより、盃をいただいたあとに推戴《すいたい》されたというに……」

勝正が首を小さく左右に振った。

「無欲なのでは」

「……無欲な者が、あれだけの御所を建てるだけの金を持っているはずもない。なにより、先日、伊勢を攻めたではないか」

村重の意見を、勝正が否定した。

信長は昨年の冬、大軍を興して伊勢の阿坂《あざか》城、大河内《おかわち》城、多芸谷の国司御殿らを攻め、焼いていた。

「あのお方は、なにを考えておられるのか」

勝正が悩んだ。

「管領、副将軍への推戴も断られたと聞きましたが」

池田知正が口を挟んだ。

「それがよりわからなくしているのだ」

勝正が額にしわを寄せた。

管領も副将軍も将軍に代わって、政をおこなう権を有する。かつて細川や畠山が栄華を極めたのも、両家で管領職を独占したおかげであった。室町の将軍になれない足利以外の一族にとって、少なくとも管領職は喉から手が出るほど欲しいものである。

「殿、織田さまが、公方さまにご注文をつけられたというのは、まことでございましょうや」

村重が訊いた。

「正月に出されたやつか」

「春ごろ耳にしました」

勝正の確認に、村重が答えた。

「昨年、信長どのが公方さまと仲違《なかたが》いされたのを知っているか」

「あいにく」

村重が知らないと首を横に振った。

「本圀寺が襲われたあとくらいであろうか、公方さまが、上杉や武田に親書を遣わされたとか。それが信長どののお気に召さなかったらしい」

勝正が語った。

十月十六日、義昭の独断に怒った信長は京を退去、正親町《おおぎまち》天皇の仲裁もきかず、そのまま岐阜へと帰ってしまった。

「躬《み》が悪かったと公方さまがお謝りになられて、騒動にはならなかったが」

信長に頼らなければ、何もできない義昭である。すぐに詫びを入れて、信長との和解はなった。

「懲りられたのだろうな。信長さまは、公方さまに条件を押しつけられた」

勝正が説明した。

「将軍の名前で出す御内書は、まず信長のあらためを受け、添え書きを付けてから出すこと。今まで将軍が出した下知はすべて無効とすること。将軍が褒美を出すときは、信長の領地から分けること。天下のことを信長に一任されたうえは、将軍の指示に従わない者の成敗は信長がおこなうこと。天下平穏の折からは、朝廷への出仕を怠《おこた》らないこと」

淡々と勝正が述べた。

「それは……」

聞いた村重が絶句した。

「公方さまは、飾り」

「うむ」

勝正も同意した。

「信長どのが、官位を欲しがらぬ理由は……」

村重が震えた。

「………」

無言で勝正がうなずいた。

「副将軍も管領も、じつのところは違うとしても、形としては将軍の配下」

池田知正が口に出した。

「止せ。それ以上は言うな」

勝正が制した。

「しかし、殿。もし、公方さまと織田さまが相対されるようになられたとき、我ら池田はどちらに与するのでございまするか」

制止を振り切って、知正が問うた。

「それは……」

勝正が詰まった。

「…………」

村重は無言で勝正を見つめた。

「そのときにならねばわからぬ」

勝正が苦い顔で逃げた。

「公方さまにお味方するのが武家の決まりでございましょう」

知正が憤《いきどお》った。

「滅びるとわかっていてもか」

「それが武家というものではございませぬか」

睨みつける勝正に、知正が言いつのった。

「家を残すのが、当主の仕事じゃ」

勝正が反論した。

「千をこえる家中を死なせるわけにもいくまい」

「将軍に従う、それが武家でございまする」

知正が言い返した。

「……やめておこう。もしもの話にしても、穏やかでなさすぎる」

議論を勝正が打ち切った。

「下がれ」

勝正が手を振った。

「……家を残すのが、武家の務《つとめ》」

かつて亡父義村が何度も口にしていた。広間を出た村重は、一人呟《つぶや》いた。


二条御所の完成祝賀の宴が終わるなり、織田信長は越前朝倉家の討伐を宣した。

「公方さまのお召しにも応《こた》えぬとは、謀叛も同然」

上洛の要請を無視する朝倉義景に、信長が業を煮やした。

「兵を引き連れて参戦いたせ」

池田にも出兵の命が来た。

「承って候《そうろう》」

四月二十日、信長の陣営に池田勢も加わって、越前へと侵攻した。

戦端は、二十五日に開かれた。織田方が朝倉の手筒山《てづつやま》城へ襲いかかった。

「落とせ」

信長自らが陣頭指揮を執ったこともあり、手筒山城は数日を経ずして落城、織田は千三百をこえる首を得るなど大勝利を上げた。

「次は金《かな》ヶ崎《さき》城じゃ」

休む間もなく、信長は進軍させた。

金ヶ崎城は、手筒山城と尾根を通じて繋《つな》がっている。朝倉の一門、中務大輔景恒が詰めていることからもわかるように、越前の南を守る要衝であった。

「取り囲み、干殺しにいたせ」

兵の損失を避けたい信長が、包囲を指示した。

「囲まれては死を待つばかりじゃ」

朝倉中務大輔は、あっさりと城を放棄、一乗谷《いちじょうだに》へと引いた。

「手応えなし、朝倉」

「越前の太守といえども、我らの前には形なしじゃ」

織田方の将はこぞって朝倉を嘲笑《ちょうしょう》した。

「兵の損失はいかほどだ」

「ほとんど損失はございませぬ。戦の前に逃げ出した足軽が数名のみ」

村重が報告した。

足軽は譜代の者もいるが、その多くは戦場を渡り歩く流れの足軽か、領地から徴収された百姓である。当然、命をかけるだけの肚《はら》など端《はな》からない。負け戦さと感じた瞬間に逃散するのはもちろん、いざ開戦となる前に恐怖から逃げ出す者もいた。

「最初から勘定に入っている」

勝正が認めた。

「戦の用意を怠るな」

「承知」

一礼した村重は、勝正の前から下がった。

「なんだと」

陣中に不穏な噂が流れた。

「浅井どの、ご謀叛」

北近江を領する浅井長政が信長と敵対したという噂が、聞こえてきた。

「馬鹿な」

村重は否定した。

浅井長政は、織田信長の妹市を正室に迎えていた。長政と市の仲はよく、三人の娘と一人の男の子ができていた。おかげで岐阜と京の通行は確保され、信長も少数の供だけで往復できる。信長にとって、背後を守る徳川家康同様重要な同盟相手であった。

その浅井長政が織田信長と敵対した。

「惑わされるな。我らを退かせようという朝倉の策じゃ」

当初信長は否定していた。それほど信長は浅井長政を信じていた。

しかし、次から次へ報せが入り、信長も信じざるを得なくなった。

「いたしかたなし。今回は中止する」

信長が撤退を決めた。

「木下藤吉郎《きのしたとうきちろう》、殿《しんがり》をいたせ。以外は軍をまとめて京まで戻れ」

言い残して、信長が岐阜へと馬を駆った。

「殿は厳しいの」

順々に退いていく織田方の将を見送りながら、池田勝正が一人ごちた。

「我らも急ぎましょう」

知正が急《せ》かした。

「ああ」

うなずいた勝正が馬に乗ろうとした。

「お待ちあれ」

村重が止めた。

「どうした」

「このまま撤退するのはよろしからず」

首をかしげた勝正に、村重は言った。

「なぜだ」

「三々五々に逃げては、個々に撃破されて敵の餌食《えじき》になるだけでございまする」

問われた村重は答えた。

前方に朝倉、背後に浅井、敵地で挟み討ちを喰らっているのだ。一つまちがえれば、全滅しかねない苦境、戦慣れした将でも顔色を失う状況である。名もなき兵たちは恐慌に陥っている。攻撃を受けても対応はできない。死の恐怖に襲われた兵たちは、個々に動き、将の指示にも従わない。それこそ味方の足を引っ張る。

「逃げ回る味方の兵に、陣形を乱されれば、我らも危なくなりまする」

「ううむ」

説明を聞いた勝正がうなった。

「だが、このまま残るわけにもいくまい」

敵中に孤立することになる。勝正が首を左右に振った。

「木下さまと手を組まれてはいかがでございましょうや」

「殿をせいというか」

村重の提案に勝正が驚いた。

殿は、味方の撤退を援護するために残って戦う。当然、勝ちにのって攻めてくる敵軍を一手に引き受けることになるため、損害も大きい。下手をすれば壊滅するときもあった。

「…………」

さすがの勇将勝正も決断できなかった。

「まとまって退き戦をしたほうがよろしゅうございましょう」

村重が促した。

「我らは織田の譜代ではない」

勝正が口を開いた。

「だけにここで逃げても問題はない」

「ではございますが、もし信長さまが無事に逃れられたとき……」

村重が最後まで言わずに止めた。

「織田は滅びぬと」

「はい」

尋ねる勝正に、村重ははっきりと肯定した。

「どうして、そう言える」

勝正が追及した。

「兵たちを捨てて、なりふりかまわずに逃げられました」

「なぜそれで信長どのが保つと。兵たちを見捨てたのだぞ。後々ついてくる者はおるまいに」

村重の返答に勝正が苛立《いらだ》った。

「いいえ。信長さまは正しいのでございまする」

強く村重は述べた。

「申せ」

厳しい表情で、勝正が命じた。

「越前征伐に織田は全力を出しておりませぬ。国にはまだ数万の兵が残っておりまする。戦は総大将さえ無事であれば、負けではございませぬ」

「池田は儂《わし》さえ死ななければよいと」

「はい」

村重は首肯した。

「我ら池田は、外様《とざま》でございまする。ここで逃げれば、信長さまの憎しみを買いかねませぬ。もちろん、すぐに討伐ということにはなりますまいが、いずれ排除されましょう。ですが、ここで踏ん張れば、信長さまに恩が売れましょう」

「恩か……」

勝正が悩んだ。

池田は最初信長に逆らった。なんとか降伏して、織田の配下になれたが、譜代の家臣だけでなく、早くから従属した伊丹や和田よりも格下扱いであった。

「明智さま、殿に」

家臣が報告した。

「徳川さま、兵を率いて金ヶ崎へ入城」

続いて徳川家康も残るとの報せが来た。

「明智は、もと朝倉の家臣。徳川どのは、織田の家臣ではない」

勝正が呟くように言った。

「木下どのは、足軽からの成り上がり、明智どのは将軍どのの家臣から織田へ移った新参者。そして徳川どのは織田の同盟者。ここに外様の我らが加わるか。おもしろい。見事殿を果たし、織田家譜代の鼻をあかしてくれよう」

勝正が決断した。

第三章

一

織田信長は今川義元の尾張侵攻以来の危機だった金ヶ崎の合戦をしのいだ。

主君というのは、生き残るのが仕事である。その点からいけば、配下たちをすべて見捨てて逃げた信長は正しい。当然、残された家臣たちも、それはわかっていた。信長が死ねば、命がけの働きを評価してくれる者がいなくなる。武士は戦って手柄をたてて、その褒賞をもらって生きているのだ。

見捨てて逃げた信長を、将は誰も恨んではいなかった。もっとも、戦の勝ち負けにはかかわりのない兵たちは、信長への不満を持っていた。首を差し出して、兵たちの助命を願う武将もいるのだ。陪臣や兵にとって、己一人で逃げた信長は論外であったが、それは表に出なかった。

挟み討ちにしておきながら信長を討てなかっただけでなく、さしたる被害を与えられなかった浅井、朝倉の武名は落ち、殿を務めた木下、明智、徳川、池田の名をあげた。

大いに面目をほどこした池田勝正だったが、家中にひびが入っていた。

「使い捨てられては困る」

「危うく死にかかったぞ。我らは織田の家臣にあらず。織田と運命をともにする気はない」

信長と直接主従関係にない武将たちの不満が噴出した。

もともと摂津という国は京に近いだけ、天下の動きに影響を受けやすい。また、武将たちも世の風に敏感である。

今回、越前征伐に出た信長が、義弟の浅井長政に裏切られるという危機に陥ったことで、織田についたままで大丈夫かという意見が出始めた。いや、織田はもう終わりだと言い出す者もいた。

それだけ浅井の裏切りは大きかった。

浅井が敵に回ったことで、信長は領国美濃から京へ至る道をふさがれたにひとしい。

今まで、信長が京を支配できたのは、美濃から大軍を送り込めたからである。それができなくなった。

もともと南近江は、信長の手に落ちていたとはいえ、甲賀を味方につけた六角氏の影響力を完全に消し去ることはできず、いつ一揆《いっき》がおこっても不思議ではない。そのうえ、北近江を領している浅井が信長に叛旗を翻したのだ。

「織田は京を手放すに違いない」

摂津、山城、播磨など畿内《きない》の諸将がそう考えたのも無理のない話であった。

「我らは織田どのを信じていればよい」

動揺する家中を勝正は放置した。

「周囲をよく見られるべきでござる」

「我らは織田の譜代ではございませぬ」

勝正は、信長の後押しで、伊丹、和田とともに摂津守護となったことで浮かれていた。重臣たちの諫言《かんげん》も勝正の耳には届かなかった。

「吾《われ》に意見をするか。僭越《せんえつ》なり」

勝正は、諫言する池田四人衆の残り池田周防守《すおうのかみ》、池田豊後守《ぶんごのかみ》を討った。傍流の出であり、力で当主になった勝正の基盤は弱い。重臣の裏切りは致命傷になりかねない。

勝正は強硬な手段に出るしかなかった。

「なんということを」

池田を支えてきた譜代重臣を討つ。家督継承に続いて二回目である。家中の動揺は大きかった。勝正の理屈は、家臣たちにとって理の通った話ではなかった。いや、正しいと考えない者が多かった。

「吾が意が通じなかったか」

村重は落胆していた。村重が金ヶ崎で殿に加わるようにと勝正を説得したのは、織田のためではなかった。少数でちりぢりに逃げ、落ち武者狩りやそのときの情勢で敵にも味方にもなる土豪たちの襲撃で、池田の将や兵を失いたくなかっただけなのだ。

信長が生きていたことを慶とはするが、織田と心中する気はない。天下はまだ信長のものではなく、いつ武田や上杉が取って代わるかわからないのだ。村重は、生き残りを至上とするべきだと考えていた。金ヶ崎での行動もそれだけだった。

それを勝正は、織田への忠義へと変えてしまった。

「まだ織田にすべてをかける時機ではない」

村重は支えてきた勝正から、距離を取り始めた。

「今こそ、我らが兵を興す。味方すれば、褒賞は望みのままぞ」

そんな池田の内紛を見逃さず、三好三人衆が池田知正と荒木村重へ手を伸ばしてきた。

「やるか」

池田知正が村重を誘った。知正は勝正の先代長正の長男である。側室腹であったため、家督継承から外されていた。家督は継げなかったが、その武勇は池田家でも群を抜いており、一手を預かる将として重きをなしていた。

「このままでは、いずれ、我らも討たれるぞ」

知正が小さく首を振った。

「いくらなんでも我らは、殿の当主就任を支えたのでございまするぞ」

大丈夫ではないかと、村重は言った。

「殺された周防守も豊後守も、家督の折りは、殿を支持したではないか」

村重の望みを知正が砕いた。

「殿は変わった。織田どのに心酔してしまった」

抵抗していながら、なにごともなく許しただけではなく、重用してくれている。そこに危機を乗りきる運を持つ。勝正は信長の器量に惚《ほ》れこんでしまった。

「ときの流れを見ながら、与《くみ》する相手を変えていく。これが小名の生き方だ。織田だけにすがるのは、敵を増やすだけだ。三好三人衆、本願寺、浅井、朝倉らを敵にする。池田ていどの力でこれらに抵抗するのは無理だ」

「はい」

知正の意見に村重は同意した。

「殿を討つのでございまするか。それは……」

村重が二の足を踏んだ。荒木はまだ新参である。新参が下克上《げこくじょう》をするのは、あまりに外聞が悪い。下手をすれば、周辺のすべてを敵に回しかねなかった。家督を受け継ぎ、荒木の当主となった村重に分の悪い博打《ばくち》は打てなかった。

「さすがに主君を討つわけにはいくまい。いや、いざとなれば遠慮はせぬが、できるだけ謀叛人という悪名は避けたい。追い出すということにしたい」

難しい顔をしながら、知正が告げた。

「追い出すだけなら……下克上にならぬか。同僚たちも殿についていけないと感じておるが、さすがに討つだけの決心はついていない。そやつらも、追放ならば納得しよう」

村重も同意した。

「なれど、織田が保《も》てば、我らの居場所はなくなりますぞ」

村重が危惧《きぐ》を指摘した。

危機に陥っているとはいえ、信長は生きている。京洛《けいらく》だけならまだしも、領地すべてを合わせた織田の戦力は、三好三人衆を凌駕《りょうが》していた。

「信長が生きている限り、織田は続く。そう言ったのはおぬしであったな」

知正が思い出した。

「いかにも。将が無事であれば戦は負けても再起できまする。ぎゃくに将が討たれれば、どれほど軍勢が無事であろうとも、戦はできませぬ」

「桶狭間《おけはざま》の今川か」

「さようでござる」

村重は首肯した。

「織田は浅井を倒せるか」

「倒せましょう。浅井は近江半国を領しているだけ。石高にして二十万石はございますまい。対して織田は尾張、美濃、伊勢、伊賀、飛驒《ひだ》と信濃の一部を支配し、その石高は優に百万石をこえまする。兵力、財力ともに圧倒しておりまする」

知正の問いに村重は答えた。

「では、このまま殿をいただいているほうが無事か」

説明に知正が揺らいだ。戦国の武将は、どのように旗幟《きし》を変え、比興表裏の者と嘲《あざけ》られようが、生きていてこそなのだ。忠を貫いて死んだ義将に与えられるのは、表向きの称賛と陰での嘲笑《ちょうしょう》だけである。

「ただし、すぐにとはいきますまい」

村重は小さく首を左右に振った。

「……その理由はなんだ」

一瞬、知正が間を置いた。

「浅井は一人ではございませぬ。朝倉はもとより、六角、斎藤らの残党と手を組んでおりますれば、地の利を押さえておりまする。織田は浅井を滅ぼすまで、京に全力を出せませせぬ」

訊《き》いた知正へ、村重は応じた。兵だけで戦いはできない。兵は飯を喰《く》う。矢玉を使う。その補給ができなければ、兵は継続して戦えない。腹が空《す》き、矢玉をなくした兵など、民と同然である。十分に飯を喰った兵の前では、蹴《け》散《ち》らされるだけであった。

「そこに公方さまも加わられた」

村重が加えた。

当初信長を父と呼んでいた義昭だったが、名ばかりの将軍としてなにもさせてもらえないと知るや、一気に態度を変えていた。

今ではひそかに武田や上杉へ、信長の非道を訴え、兵をよこしてくれるようにとい
う密書を出すようになっていた。

「池田にも来ているはずだが、見ておらぬ」

「殿のもとには来ていましょうが、我らには教えてくださりませぬ」

村重も首を横に振った。

「当然、畿内の諸将にも行っているだろう」

「おそらく」

知正の予想に村重も同意した。

「信長さまが、浅井を降すのに何年かかると思う」

「まず、三年はかかりましょう」

村重が予測した。

「三年か……」

知正が思案した。

「朝倉次第では、もっと延びましょう」

考えこんだ知正に村重は言った。朝倉と戦った村重は、その肚《はら》の据わりのなさにあ

きれていた。

「どういうことだ」

「先日の越前侵攻を思い出していただきたい。朝倉は手応《てごた》えがございませなんだ」

「たしかに。必死には見えなんだな」

知正も納得した。

「攻めているときもさようでございましたが、数で押し寄せれば戦わずに城を捨てる。国を守るという思いが見えませぬ」

「朝倉の兵は弱い……」

「………」

呟《つぶや》くような知正に、村重は無言で賛意を示した。

「浅井の兵は強いと聞きまする。なれど数には勝てませぬ。このままならば、浅井は織田に削られて滅びましょう。しかし、織田と決戦のとき、朝倉が本気を出せば、数の優位は消えまする。さすれば、勝負は浅井に傾きましょう」

村重は述べた。

「朝倉がどう出るかはわからぬが、三年あるなら……やるか」

知正が声をひそめた。

「摂津を伊丹、池田、和田で分けている。西を伊丹、東を和田に挟まれているのだ。両者とも今は敵に非ず。同じ織田の寄騎である。このままでは、池田の伸びはないぞ。乱世にいながら、なにもできぬでは、武将の意味はない」

「領地が増えぬのは、辛うございまする」

村重も戦国の武将である。己の力一つで、なりあがっていきたいと思っている。知正の嘆きが、村重を揺さぶった。

「池田を把握し、和田と伊丹を滅ぼす。三年あれば摂津一国は押さえられよう。さすれば織田が浅井を降した後でも無視できまい」

「はい」

村重はうなずいた。

「摂津を吾と信濃で分けて治めよう。やろうぞ」

知正が決断した。

「わかりましてござる」

誘いに村重はのった。

多くの将と兵を失ったが、一石の領土も得られなかった金ケ崎の退き戦は、勝正への非難となった。黙っていた家中が火を噴いた。

知正と村重が煽《あお》ったのだ。

「黙れ、織田さまが勝つ」

勝正が無理矢理に異論を抑えつけた。

「池田の家を滅ぼすおつもりか」

知正が面と向かって勝正を批判した。

「当主は儂だ。そなたたちは従えばいい」

勝正が言い放った。傍系から本家を継いだときの謙虚さは、武名を上げたことで消え去っていた。

「信濃守」

「おう」

知正の合図で村重は立ちあがった。

「なんだ、きさまら」

雰囲気の変化に勝正が顔色を変えた。

「もう、ついていけぬ。池田は我らが仕切る。おぬしには出ていってもらおう」

「な、なにを」

冷たく宣した知正に勝正が驚愕《きょうがく》した。

「謀叛を起こす気だな」

勝正が立ち上がった。

「皆のもの、出会え。謀叛人を討て」

大声で勝正が叫んだ。

「おう」

応じて数人は刀の柄《つか》に手をかけたが、ほとんどは氷のような目で勝正を睨《にら》むだけであった。

「なんだと……」

味方の少なさ、いや敵の多さに勝正が絶句した。

「主君だぞ、吾は」

「ふん」

知正が鼻先で笑った。

「主《あるじ》とは、臣を守るものだ。禄《ろく》を与え、戦でも無駄死にしないように策を立てる。それを、おまえはしたか」

「やってきたではないか。かつて織田に攻められたとき、吾が降伏したおかげで池田は生き残り、ここまで大きくなった」

　勝正が胸を張った。

「大きくなった……では、ここからどうなるのだ。織田についていれば、ますます大きくなっていくとでも言うつもりか」

　あからさまな嘲りを知正が浮かべた。

「当然だ。池田はこれからも織田の一手を担う武将として、いずれは摂津一国を……」

「左右を同僚に押さえられているぞ」

　村重が指摘した。

「…………」

「東の和田は、織田によって移封されてきたゆえまだどうにかなるかもしれぬがな。西の伊丹は動くまい」

　織田の敬称を外し、勝正への敬語を村重は止《や》めた。

　伊丹氏の歴史は長い。それこそ池田と変わらないほど古くから、摂津で威を張ってきた。境界を接するだけに、池田とは何度も争ってきた。そのため両家の仲は悪い。今は織田信長という盟主のもとで手を組んでいるが、根は変わっていない。

「池田の褒賞に摂津一国をやるゆえ、伊丹は他の地へ動けといわれて従うはずなかろうが」

「……織田さまの命令だぞ」

「では、伊丹に摂津をやることになった、池田は河内へ移れと織田が命じれば、従うか」

「馬鹿《ばか》を言うな。池田は摂津から動かぬ。動かされぬ」

村重の確認に、勝正が告げた。

「……あっ」

言ってから勝正が気づいた。

「織田に未来《さき》があるのは、たしかだろう。信長は器量人だ」

「そうだ。だから、このようなまねは止めろ。今なら見逃してくれる」

信長の実力を認めた村重へ、勝正が言った。

「だが、いかに出色の器量人たる信長でも、近江が敵になってしまっては、京を維持できまい」

「それは……」

勝正の勢いが落ちた。

「いや、信長さまはかならず天下を取られる」

「取られるだろう」

言い返した勝正に、村重も同意した。

「では、いつだ。明日か、一年先か、二年先か」

「…………」

知正に問われた勝正が黙った。

「それまで、池田は保つのか。三好三人衆が、四国と淡路の兵を引き連れて侵攻してきたとき、池田は抗《あらが》えるのか。そのとき織田は援軍を出してくれるのか」

「…………」

迫る村重に勝正は答えなかった。

「我らは織田から禄をもらっているわけではない。先祖代々血を流して得た土地に生きている。織田へ忠節を尽くすより、今を生き延びることが肝心なのだ」

知正が断じた。

「戻ってきた信長さまに滅ぼされるぞ」

「そのときは、また膝《ひざ》を屈するだけよ」

脅す勝正へ、知正が応えた。

「そのようなまね、織田さまが許すはずはない」

「許すさ。池田を敵にするより、味方として使うべき。それくらいは織田もわかろう。我らが許されぬとしたら、織田が天下を取るときだ。天下に織田に逆らう者がいなくなったとき、池田は滅ぼされるかも知れぬがな」

知正が述べた。

「もうよいだろう」

村重が勝正へ退出を促した。

「なにをしているか、わかっているのだろうな」

勝正が頰《ほお》をゆがめた。

「下克上だぞ、おまえら」

その場にいた家臣たちを勝正が睨みつけた。

「…………」

無言で村重は太刀を抜いた。

「……くっ」

白刃のきらめきに、勝正がうなった。

「そのときになって後悔するがいい」

勝正が足音を立てて、出ていった。

「殿……」

あわてて数人が勝正の後を追った。

「さあ、城を固めろ。いつ伊丹が攻めてくるかわからぬぞ」

知正が残った家臣たちに警戒を命じた。

二

池田を追い出された勝正は大坂へ走り、三好義継の介添えで義昭に目通りされ、その家臣となった。

「謀叛人、知正を討っていただきたい」

勝正の願いは同じく家臣に下克上された過去を持つ義昭の取りあげるところとなり、和田惟政に池田城追討の内意がくだった。

元亀《げんき》元年（一五七〇）八月、芥川城の高山友照《たかやまともてる》を始めとする五百騎が進出してきた。

「来たか」

知正たちも油断はしていなかった。

「お任せあれ」

二千五百騎を率いて村重が出陣した。

和田軍は、幣久良山《てくらやま》に本陣を置いていた。

「馬塚に陣を置く」

村重は、白井河原《しらいかわら》を挟んで陣形を整えた。

「数が違う。一度退かれて、高槻の兵、河内の兵と合流されたほうが」

戦場に近い摂津郡山《こおりやま》城主郡正信《こおりまさのぶ》が、和田惟政に進言した。

「義はこちらにある。我らは公方さまの軍勢だ。戦わずして背を向けるわけにはいかぬ」

和田惟政は忠告を無視、二百騎を率いて馬塚へと駆けた。

「あの旗印は和田か」

本陣から敵を見ていた村重は気づいた。

「敵将が先陣をきって来るとは……おろかな」

村重はあきれた。

「このまま見逃すわけにはいかぬな」

軍配を手に、村重が自陣の先頭に立った。

「惟政の首を獲った者に、呉羽台の地を与える」

「おおっ」

村重の言葉に、兵たちがいきり立った。

「ただし、惟政の相手は五百騎でいたせ。残った二千のうち、半分は森のなかに伏せよ」

「伏せ勢でございまするか」

和田の相手を命じられた中川清秀が問うた。

「あれだけの数で、主将が出てくる。どう考えてもおかしかろう。こちらは二千五百もいるのだぞ」

村重が説明した。

「たしかに」

「おそらくだが、惟政の相手に兵を割《さ》き、手薄くなった本陣を迂回《うかい》して狙《ねら》いに来るのではないか」

越前侵攻で、浅井の裏切りを喰らい、死中に活を求めた経験が、村重を猪武者《いのししむしゃ》でなくしていた。

「では、我らは」

「精一杯暴れて、敵の目を惹《ひ》け」

確認を求めた中川清秀に、村重が命じた。

「お任せあれ。吾に続け」

大きくうなずいた中川清秀が、五百騎を率いて迎撃に出た。

「では、我らは後ろから」

陣の背後から千騎が伏せ勢となるため、静かに移動していった。

「吾《わ》が旗を立てよ……」

村重は、わざと居場所をあからさまにした。

「敵、数百、山沿いを迫って参りまする」

読みどおり、敵の別軍が迂回してきているとの報せが入った。

「まだだ。本陣まで来させろ。先頭が本陣と触れあった頃合《ころあ》いを見て、伏せ勢を出せ。

挟み討ちにしてくれる」

村重は軍配を握りしめた。

「騎馬だけでいい。足軽は後から付いてこい。敵の先陣が我らに気づく前に、本陣を
潰《つぶ》す」

茨木城主茨木佐渡守重朝が二百騎で、先陣が戦っている戦場を迂回し、馬塚へと駆

けてきた。

「槍《やり》、襖《ふすま》を組め」

あと少しのところまで茨木勢が近づくのを待って、村重が指示を出した。

「おう」

槍足軽たちが片膝をつき、槍の石突きを地に刺し、穂先を斜め前へと突きだし槍襖を組んだ。騎馬で突撃してくる敵を迎え撃つためのものである。騎馬武者が突っこんでくれば、たちまち穴だらけになる。騎馬武者の勢いを削《そ》ぐに、効果があった。

「騎馬を陣中に入れるな。弓隊、放て」

次々と村重は指揮を執った。

「雑兵ばらの槍など、踏みつぶせ」

茨木佐渡守が、手を振った。

「やああ」

「この」

騎馬武者たちが槍襖の手前で、輪乗りをしながら、槍を突き出した。

「形を崩すな。少しの辛抱だ」

槍に突かれて倒れる足軽が出だした。足軽は将と違い、肚が据わっていない。隣にいた足軽がやられると恐怖で逃げ出そうとする。それを村重は必死に奮励して押さえた。

「そろそろだな」

機を見計らって村重は大きく軍配を振った。

「わあああ」

待ちかまえていた伏せ勢が、森のなかから出てきた。

「わ、罠《わな》だと」

茨木佐渡守が目を剝《む》いた。

「ひいっ」

挟み討ちになったと気づいた兵が怖《お》じ気《け》づいた。

「ええい。後ろを気にするな。本陣を崩せば、相手は逃げ出す。さすれば、我らの勝利ぞ。押せ、押せ」

兵たちを鼓舞するために、茨木佐渡守が槍を大きく上げた。

「勝ったぞ。押し返せ」

村重も軍配を振った。

「えい、えい」

ずっと我慢してきたのだ。許可が出たとたん、池田勢の武者たちが茨木勢へと襲いかかった。

半数を伏せ勢に回したとはいえ、茨木勢の五倍の兵力である。後ろから伏せ勢が来ているという圧迫も手伝い、茨木勢の態勢はあっという間に崩れた。

「うわあああ」

足軽一人が逃げ出せば、あとは雪崩《なだれ》であった。

「一人たりとても逃がすな」

村重が追撃を命じた。

「せめてあやつだけでも」

罠にはめられた茨木佐渡守が、悪鬼の形相で槍を振るった。

「信濃守、正々堂々と打ち合え」

茨木佐渡守が叫んだ。

「受けたわ」

すでに茨木勢は壊滅状態にある。村重は茨木佐渡守が死を覚悟したと悟り、その意気に応じた。

「手出し無用」

村重は単騎、茨木佐渡守へと馬を進めた。

「感謝するぞ、信濃守」

一騎打ちに応じてくれた村重へ、茨木佐渡守が礼を述べた。

「行くぞ」

茨木佐渡守が馬の腹を蹴った。

「参られよ」

合わせて村重も馬を駆った。

「えいっ」

「おう」

二人の槍が交差した。

一合、二合、三合とぶつかり合い、互いの槍のけら首がささくれ立つほど応酬が続いた。

「喰らえっ」

茨木佐渡守の一撃が村重の右肩をかすった。

「つうう」

痛みに顔をしかめながら、村重は槍を薙《な》いだ。

「ぐう」

左脇腹を殴られた形になった茨木佐渡守が、体勢を崩して落馬した。

「………」

無言で村重は、槍を突き通した。

「む、無念」

背中から腹まで貫かれて茨木佐渡守が死んだ。

「殿が……」

最後まで奮戦していた茨木佐渡守の家臣たちが動揺した。

「これまでか」

逃げ出しても、伏せ勢が背後にいる。茨木勢はさんざんに打ち破られ、ほぼ壊滅した。

「和田紀伊守を、中川瀬兵衛《せびょうえ》清秀が討ち取ったあ」

茨木勢の敗走に合わせるように、大声が戦場に響いた。

「見事なり」

村重は鞍《くら》を叩《たた》いて、中川清秀の武勇を褒め称《たた》えた。

「郡正信の首、獲った」

もう一人の将もあえない最期を遂げた。

「兵をまとめよ」

中川清秀率いる先陣、村重の本陣、伏せ勢と三つに分かれていた兵を村重は参集させた。

「このまま、一気に攻め落とす」

少しの休憩を許したあと、村重は郡山城攻略に出た。

和田方に属している郡山城は、さほど大きな城ではない。しかも城主と主な兵は、白井河原で討ち死にしている。残された兵は百ほどしかいなかった。

「主君を失って生き延びる気はない」

降伏勧告に郡正信の遺臣たちは首を左右に振った。

「天晴れなる態度である。ならば、槍で挨拶《あいさつ》するだけ。一気に落とせ」

村重は力攻めをさせた。

「ござんなれ」

郡の遺臣たちは意気軒昂であったが、多勢に無勢。一日と保たずして落城した。

「敵はどこだ」

物見の兵を村重は出した。

「高槻の城に集まっているよし。城中に和田惟長《これなが》、高山友照、同右近《うこん》の旗印あり。兵数はおよそ二千」

半刻《はんとき》（約一時間）ほどで物見が帰ってきた。

「二千か」

村重が顎《あご》に手を当てた。

義昭は信長と敵対し始めている。そして信長は近江に危惧があり、京まで兵を送れていない。

「精一杯集めたようだ」

高槻が落ちれば、京は目の前である。その高槻に二千しかいない。

池田征討の軍勢がこれ以上増える恐れはないと村重は判断した。

「とはいえ、籠《こ》もられると面倒だな」

表情を村重は硬くした。城攻めには少なくとも三倍の兵が要ると言われていた。

「こちらもこれ以上は出せぬ」

勝正を追い出したことで、家中に減少が起こり、知正を当主とした今の池田家の動員兵力はおよそ六千である。そのうえ、西の伊丹に対する備えをしなければならず、これ以上の増援は望めなかった。

「ここで高槻に攻めかかり、一人傷を負うのはな……時間かせぎに茨木城へ向かうか」

村重は矛先を変えた。

やはり当主と主力を合戦で失った茨木城の抵抗は弱く、一日で滅びた。

「茨木城を任せる」

中川清秀に二百の兵を預け、村重は高槻城へと向かった。

「遅くなり申した」

村重同様、信長を見切った松永久秀、三好の重臣で阿波《あわ》上桜《うえざくら》城主の篠原長房《しのはらながふさ》らが高槻で合流した。

「城を囲みましょうぞ」

増えた兵数を頼みに、村重は高槻城を包囲した。

「降伏すれば、命を助ける」

そうして村重は、勧告した。

「父を討たれて、のめのめと敵の情けにすがれるか」

城主和田惟長が拒んだ。

「ならば、城下へ火を放ちましょう」

松永久秀の提案で、火が付けられた。

高槻の城下は石造りの建物が多く、灰燼《かいじん》と化すのに二日かかった。

「戦を止めていただきたい」

城下が燃え落ちた後、宣教師が本陣を訪ねてきた。

ルイス・フロイスと名乗った宣教師が、停戦を求めた。

和田惟政も高山友照も熱心なキリスト教徒であった。そのおかげで高槻ではカトリックの信徒が多く、教会などの施設も多かった。

「このままでは信徒に被害がでます」

ルイス・フロイスの願いを村重は拒んだ。

「我らではなく、おぬしらの信徒である和田と高山に申されよ。城を開いて退散すれば、これ以上城下を破壊せぬと」

村重はルイス・フロイスを追い返した。

「こうなれば信長さまにおすがりするしかない」

ルイス・フロイスは信長へ使いを出して、事情を報告した。

「なぜ摂津で戦がある」

信長が憤怒した。和田が池田に戦いを挑んだのは、十五代将軍足利義昭の命であり、信長の知らないことであった。

「池田知正、荒木村重が余に刃向かうか」

信長が憤怒した。

「余の知らぬところで戦など許さぬ。まだ、己の立場というのがわかっていないようだな、義昭」

信長が荒木村重ら池田勢に向けて、撤兵せよとの書状を出した。

「先に池田へ兵を向けたのは、和田らでござる。我らは飛んできた火の粉を振り払っただけでござる」

村重は拒んだ。

「力ずくとはいかぬ」

姉川《あねがわ》の合戦で浅井を小谷城《おだに》へ封じ込めたとはいえ、本願寺《ほんがんじ》、延暦寺《えんりゃくじ》、武田と信長に敵対する勢力は増え続けている。万をこえる兵を出すのは難しかった。

「光秀、おさめよ」

信長は京の治安維持を任せている明智光秀に命じた。

「お任せあれ」

光秀は千の兵を率いて高槻へ出兵、和睦《わぼく》の斡旋《あっせん》をした。

「これ以上、我を張るのは信長どのを本気にさせかねませぬ」

松永久秀が、信長の怒りを買うのはまずいと言った。

「茨木も落とした。これで納得すべきか」

村重も納得した。

「情けなし和田惟政、茨木重朝」

光秀から戦いの詳細を聞いた信長が頬をゆがめた。

「対して敵ながら、天晴れなり。荒木信濃守」

信長が褒めた。

三

摂津の中央と北のほとんどを手中に収めた池田の戦勝気分は一月《ひとつき》も保たなかった。

「まことか」

飛びこんできた報せに、池田知正が腰を浮かせた。

「……なんという」

同席していた村重も絶句した。

九月十二日、信長は万余の兵をもって比叡山《ひえいざん》を取り囲み、焼き討ちにした。

「僧俗三千をなで切り。女子供も許されず」

報告に池田城は静まりかえった。

「悪鬼か、信長は」

知正が震えた。

「仏罰はどうなった」

村重も唖然《あぜん》とした。

「朝廷の守護たる比叡山を滅ぼすなど、信長には崇敬の念がない。信長を野放しにしては国が滅びる」

厳しく知正が信長を糾弾した。

「いや、比叡山もよろしくない。浅井、朝倉を匿《かくま》うなど、片方に与しすぎでござる。浅井を攻めても、比叡山に逃げこまれては、滅ぼせませぬ。仏法の守護者という楯を安易に使いすぎた。もう少し、信長との均衡を図っておけば……」

生き残りのために敵と味方の間を動く。これは大国以外すべての勢力がしなければならないことである。村重は一方に傾きすぎた比叡山も非難した。

「それでも霊場を襲うなど論外である」

知正が強く首を左右に振った。

だが、信長の行為を批判するだけでは、すまなかった。比叡山の滅びは、浅井、朝倉を匿っていた法衣の喪失である。逃げこむ先を失った浅井は、もう討って出ることはない。北近江の支配は、織田に落ちた。これで織田の本拠美濃と京洛の行き来を邪魔するものはなくなった。いつ、信長が万余の兵を率いて、摂津へ侵攻してきてもおかしくなくなった。

「とにかく、守りを固める。松永や三好との連携をはかり、織田に備える。城の拡張も急がせよ」

知正が指示をした。

信長の比叡山焼き討ちは、池田だけでなく世間を震撼《しんかん》させた。

「天魔王を野放しにするわけにはいかぬ。公方さまのお身を守る」

元亀三年（一五七二）、松永久秀と息子久通《ひさみち》、三好家当主義継が兵を挙げた。信長に近い摂津、河内、山城などの勢力を駆逐し、地盤を固める目的であった。

「片づけて参れ」

謀叛に信長は、佐久間信盛《さくまのぶもり》、柴田勝家《しばたかついえ》ら織田でも知られた勇将を向かわせた。

守護であった比叡山を失った浅井、朝倉に、信長を制するだけの力はもうない。織田は美濃の兵を送り出した。

当初、織田についている畠山昭高、細川昭元らを撃破し、河内、摂津をほぼ手中にした松永、三好の連合だったが、織田の援軍に大軍をもって周囲を押さえられ、居城へ籠もるしかなくなった。

「どうする。三好義継の願いに応えて、包囲網の背後を突くか」

池田のもとへ三好から救援要望が来ていた。三好義継の若江《わかえ》城のある河内は、その北を摂津と接していた。

「お止めになったほうがよろしゅうございましょう」

村重が止めた。

「今、手出しをすれば、まちがいなく茨木の城は落とされまする」

「むうう」

知正がうなった。

拡張して虎口《こぐち》を設けるなど防備を固めた池田城とは違い、茨木城は砦《とりで》に毛が生えたていどのものでしかない。織田の大軍を支えることなどできなかった。

「しかし、三好が落ちた後は、我らであろう」

焦りを知正が見せた。

「いや、それはございますまい。三好の次は松永を片づけなければなりませぬ。なにぶんにも、三好と松永は信長どのへの叛旗を表明いたしました。が、我らは表だって信長どのに敵対しておりませぬ」

村重は外していた信長の敬称を戻した。

「我らは織田方の和田惟政を討ってしまった」

白井河原での戦いを知正が口にした。

「あれは向こうから仕掛けてきたのでございまする」

「公方さまの命だったというぞ」

まだ知正は納得していなかった。

「だからでござる。今、公方さまは、織田どのへの反発を強めておられまする。武田が上洛するようでございますが、それも公方さまの要請に応じたもの。松永と三好の謀叛も公方さまが裏におられるはず。信長どのにしてみれば、白井河原の合戦も、今回の松永、三好らの蜂起《ほうき》も、勝手な戦を起こした公方さまを押さえるよい口実になった」

村重は説明した。

「我らは公方さまとは別口だから見逃されると」

「さようでござる」

　確かめた知正に村重がうなずいた。

「しかし、三好どのを見捨てるのはどうか」

「我らの滅びをかけまするか」

　村重は冷たい目をした。

「…………」

　知正が黙った。

　和田惟政を一蹴《いっしゅう》し、郡山城、茨木城を奪取した村重の武名は、天下に響いていた。池田の家中での人望も厚かった。

　知正も武勇では劣っていないが、池田の当主となったため、あまり戦場に足を運ばなくなった。戦国乱世では、強い武将ほど求められる。知正も村重を抑えつけるわけにはいかなくなっていた。

「今回は動かずでよろしゅうございますな」

「……任せる」

　村重の決断に、知正が苦い顔で首肯した。

松永久秀らをその居城に封じこめた信長は、義昭への圧迫を強めた。

「公方さまお心得の条」

信長は義昭に十七カ条の注文をつけた。

宝物を二条御所から他へ移しているのを戻せ、女中たちから取りあげたものを返さないのは論外、さっさと返却しろなど、かつての五カ条よりも細かい規定は、義昭を激怒させた。

「躬《み》は、なにをするにも信長の許しが要るのか。躬は征夷大将軍ぞ。たかが弾正《だんじょう》の少弼《しょうひつ》ごときに命令されねばならぬ理由はない」

信長のおかげで将軍になれたという恩は、義昭のなかから完全に消えた。義昭にとって信長は、かつて己を殺そうとした松永久秀や三好三人衆よりも憎い敵となった。

義昭は、石山に信長に対するための砦を構築させた。

「さっさと片づけろ」

信長は明智光秀、丹羽長秀《にわながひで》らを差し向けて砦を攻略させた。

「かなわぬ」

石山砦に籠もっていた磯貝新左衛門《いそがいしんざえもん》らは、数倍の敵に抵抗せず退却、あっさりと砦は破却された。

「ついに公方さまが立たれた」

義昭が公然と信長に反した影響は、池田を揺るがした。

「公方さまによって信長は謀叛人となった。信長は天下の敵だ。武田も上洛してきている。いまこそ、我らも立つべし」

知正が勢いづいた。

「………」

村重はあきれた。

「どうした」

漂う雰囲気に、村重の不満を感じたのか、知正が訊いた。

「我らの居場所が、将軍の側にあるとでもお考えか」

村重が言った。

「どういうことだ」

知正が首をかしげた。

「反信長のなかには、勝正がおりますぞ」

「……あっ」

言われて知正が声を上げた。

「さらに我らが討ち取った和田惟政は、公方さまが大和から逃げ出したころからの家臣」

「…………」

「譜代ともいうべき臣を殺した我らを、公方さまがお許しくださいますか」

「……許されよう。信長を倒すには、一人でも味方が欲しいはずだ」

知正が述べた。

「たしかに今はよろしゅうございましょう。勝正がなにを言い出そうが、公方さまも我らの力を捨て去ることなどできませぬ。が、公方さまが勝たれた後はわかりませぬぞ。少なくとも摂津は取りあげられましょう。和田惟長、あるいは勝正への褒賞として」

「それは……」

「もし織田が勝てば、我らは敵対したとして滅ぼされますぞ。比叡山同様の目に遭うことになりまする。信長どのはもう遠慮されませぬぞ」

村重の言葉には真実の重みがあった。比叡山焼き討ちからまだ一年経《た》っていない。僧兵、僧侶《そうりょ》、女、子供の区別なく皆殺しにした信長の恐ろしさは、畿内を脅かしていた。

「では、どうするのだ」

「織田に味方いたしましょう」

　村重は提案した。

「白井河原のことをどう言いわけする」

「我らは織田と直接戦っておりませぬ。裏切っていないと抗弁できましょう」

「それが通るか」

「通りましょう。織田にとって今は金ヶ崎以上の危難でござる。そのときに味方すれば、勝った後の褒賞も大きいはず。かつての勝正どののように、敵対を許しただけでなく、摂津守護を任されるやも」

「摂津守護……」

　知正が悩んだ。

「少し考える」

　一度合議を知正が打ち切った。

「あれはいかぬな。かつては見えていたはずの危難がわからなくなっている。勝正と同じで、当主となれば先が見えなくなるようだ。少しでも天下の情勢を見れば、織田が有利とわかろうに。将軍の権威がなにほどのもの。十三代将軍義輝さまが、三好たちによって討たれたときに権威はなくなった。今の公方さまの役割も終わった。信長どのにとっての旗印は、もう不要なのだぞ」

一人になった村重は知正の肚の据わりのなさを不安に思った。

家中が一枚岩になれず、池田城に嫌な気配が漂った。当主知正に従う者、村重と同意の者とに家中が割れた。

「開門願いたい」

そんな池田城を訪れた者がいた。

「細川兵部大輔《ひょうぶたいふ》藤孝《ふじたか》でござる」

池田城の大広間に通された武将は、室町幕府の臣細川藤孝であった。細川藤孝は、和田惟政同様、義昭の大和脱出以来同行し、将軍の家臣として仕えていた。

「公方さまのご使者でございましょうや。我らにご内意をくだされますか」

幕臣細川藤孝の来訪に、知正が勢いづいた。将軍の命との名分を得れば、家中をまとめられると考えたのだ。

「いいえ」

細川藤孝が首を左右に振った。

「まさか……」

知正の顔色が変わった。

「わたくしは織田さまにつきまする」

はっきりと細川藤孝が宣した。

四

将軍義昭股肱《ここう》の臣である細川藤孝の言葉は、一瞬にして座の雰囲気を緊迫したものに変えた。

「な、なぜでございまする」

細川藤孝の来訪を好機と考えていた知正が、愕然《がくぜん》とした。

「公方さまはうわずっておられまする。将軍という地位に浮かれられて、周りが見えなくなられておられる」

細川藤孝が嘆息した。

「将軍には力がない。それを忘れられた。兄君義輝さまが三好らによって討たれたのを知っておられるのに」

「公方さまにお力がない。そのようなわけはございますまい。すべての武士は、公方さまの命に従うものでございましょう」

知正が強く言った。

「ふざけたことを」

「なんだと」

口出しした村重に、知正が怒った。

「将軍に従うのが武士ならば、白井河原の戦いは起こりますまい。命に応じて池田の城を明け渡して、殿は首を差し出すべきでござった。和田惟政は公方さまの命で、我らに攻めかかって参ったのでござるぞ」

村重が断じた。

「………………」

知正が黙った。

「はっきりと申しあげて、公方さまでは織田さまに勝てませぬ」

主従の争いを見ていた細川藤孝が告げた。

「武田信玄どのが上洛されるではないか。聞けば、武田は三河の徳川を一蹴して、尾張へ侵攻したとか」

細川藤孝の意見に知正が反論した。

「武田は上洛できますまい」

細川藤孝が否定した。

「たしかに徳川どのは負けましたが、滅んではおりませぬ。徳川を残したまま尾張へ進めば、尾張で織田さまと対峙《たいじ》している背後を襲われかねませぬ。異国の地で前後を挟まれては、いかに精強な武田の兵といえども保ちますまい」

理を立てて細川藤孝が説明した。

「それこそ、近江の浅井、越前の朝倉たちが兵を出して、織田の背後を脅かせば……」

知正が言いつのった。

「浅井に兵を出すだけの余裕はもうございませぬ」

小谷城に閉じこめられた浅井は、領地すべてを失ったに等しい。年貢が入らなければ、兵を養うことはできなくなる。さすがに代々浅井に仕えている家臣たちは、禄《ろく》をもらえなくともしばらくは耐えようが、そうでない陣場借りの浪人や足軽など恩のない者は違った。すでに小谷城からかなりの数の者が逃げ出していた。

「朝倉はいけませぬな。公方さまをお迎えしておきながら、いっさい動く振りも見せず、織田さまへ移られるときも止めさえいたしませなんだ。朝倉義景に覇気はございいませぬ。覇気なき将の兵は弱うござる」

細川藤孝が朝倉を切り捨てた。

「比叡山があれば、まだどうにかなりましたでしょうが……」

力なく細川藤孝が嘆息した。

「あのような鬼畜のまねごとをする信長に天罰はかならず下りましょう」

言葉を尽くして説く細川藤孝に知正が反論した。

「浅井、朝倉が駄目ならば、我らが兵の力を合わせればいい。阿波の三好、河内の三好、大和の松永、摂津衆、それらが手を組めば、五万は出せましょう。五万の兵があれば、小谷城を押さえている織田方の城を落とすなど容易。出城を落として浅井を解放し、その兵を加えれば……」

知正が策を話し始めた。

「なぜそこまで信長さまを嫌われる」

村重が問うた。

「恐れを知らぬ者は、駄目だ。御仏を、将軍を、朝廷を敬わぬ者は、信じられぬ」

知正が告げた。

「我らも公方さまに刃向かったではないか」

何度目かわからぬ問いを、村重は投げかけた。

「直接ではない。公方さまが親征されたならば、余は槍を捨てて降伏した」

「話にならぬ」

後付としか思えない言いわけに、村重はあきらめた。

「…………」

細川藤孝も黙った。

「……他言無用でお願いしたい」

少ししてから細川藤孝が口を開いた。

「承った」

「…………」

すぐにうなずいた村重と違い、知正は無言だった。

「じつは……」

細川藤孝が、知正を無視して話を始めた。

「高槻城の高山友照と右近の親子は、わたくしと同心しておりまする」

「ほう。高槻城が味方に」

村重は身を乗り出した。

高槻城とは、その城下を焼き払ったこと、城主和田惟長の父惟政を討ち取ったなどで、敵対している。

「惟長は」

知正が城主和田惟長の動向を尋ねた。

「高山親子によって、放逐され申したわ。あまりに公方さま絶対と頑迷すぎましたので。まあ、和田の系譜を考えれば無理ないことでございますが」

「なにっ」

「なるほど」

細川藤孝の答えに、知正が絶句し、村重は納得した。

「高山どのより言伝を預かっておりまする。過ぎたことは忘れ、ともに力を合わせ、天下平穏まで戦いましょうとのことでござる」

細川藤孝が述べた。

「なぜだ。なぜ、高山はそう簡単に旗幟《きし》を変えられる」

知正が目を剝《む》いた。

高山とはつい一年ほど前に戦ったばかりである。たしかに乱世だけに、昨日の友を裏切り、敵と手を組むのはめずらしい話ではない。だが、己の身に降りかかってくるとなれば、別であった。

「高山は和田によって引き立てられたのではなかったのか」

知正が混乱した。

もともと高山は大和の国の小領主で、松永久秀の寄騎として沢城主を務めていた。それが信長の上洛で松永久秀が降伏すると、和田惟政の組下に入れられ、摂津高槻城へと移された。

「引き立てられてはおりませぬが、和田とのつきあいが深いのはたしかでござる」

細川藤孝が訂正した。

「それが、なぜ裏切って仇敵《きゅうてき》の儂《わし》のもとへ来る」

「違いますな」

冷たい声で細川藤孝が否定した。

「なにが違う」

首を左右に振った細川藤孝に、知正が嚙《か》みついた。

「高山親子は、池田ではなく、荒木どのの下に付きたいと」

「なんだと。池田の当主は儂だぞ」

言われた知正が激した。

「わたくしに言われても困りますな。文句は高山どのにおつけいただきたい」

細川藤孝があしらった。

「池田どの、もう一度問いましょう。高槻城もこちらの味方となったことも勘案して、ご返答願いたい。信長さまにつかれよ」

「断ろう。池田は代々公方さまに忠節を捧《ささ》げてきた家柄である。公方さまを敵にするわけにはいかぬ」

高山が村重の下に付きたいと伝えられた知正が反発した。

「さようか。残念でござる。では、荒木どのはいかがか」

細川藤孝が知正から村重へと目を移した。

「拙者は細川さまのお勧めどおりに、信長さまのお味方をいたしましょう」

「なにを言う。信濃守、儂を裏切る気か」

知正が怒鳴った。

「左衛門《さえもんの》尉《じょう》どの、道が違ったようでございますな」

殿とは呼ばず、村重は静かに述べた。

「ならば出て行け」

知正が村重に手を振った。

「出て行くのは、左衛門尉どのでござる」

「ここは、儂の城ぞ」

顔を真っ赤にして知正が怒った。

「わたくしでなければ、高山は味方になりませぬぞ」

「高槻城など、一蹴してくれるわ」

知正が言い返した。

「高山と戦うと」

「そうだ」

「要らぬ戦をなさるおつもりか」

「敵は滅ぼす。高山の首を打って、池田は公方さまへの忠節を天下に示す。さすれば、戦勝の後も優遇される。吾こそ、摂津守護だ」

確認した村重へ、知正が宣した。

「まずは、おまえからだ」

己の宣言に酔った知正が、いきなり村重へ斬《き》りかかった。

「ふん」

村重は油断していなかった。さっとかわして、知正の体勢を崩し、突き出された右手を摑《つか》んだ。

「離せ」

「………」

無言で村重は、知正の腕をひねり上げた。

子供のときから三人力といわれた剛力の村重に、知正は抵抗できなかった。

「ぐあああ」

知正が苦痛の声をあげた。

「公方さまのもとへ行かれるがよい」

「者ども、信濃守を討て」

脂汗を流しながら、知正が命じた。

「おう」

何人かが刀を抜いた。

「やらせるな」

村重に与する者も応じた。

大広間で乱闘が始まった。

「死ぬか」

氷のような声音で村重は知正に懐刀を突きつけた。

「ぐっ」

懐刀の切っ先を喉に突きつけられた知正がうなった。

「…………」

無言で村重は、懐刀に力を加えた。切っ先の触れている首から、血玉が浮いた。

「か、刀を引け」

大声で知正が叫んだ。

「と、殿」

知正についた家臣たちが動きを止めた。

「くらえっ」

動きを止めた家臣へ、村重に与した者が斬りつけた。

「ぎゃあああ」

「なにを……」

知正についた家臣たちが恐慌に陥った。

「止せ、殺すな」

村重は大声で制した。

「勝正のときとは違う。これは池田家の家督争いではないぞ」

摑まえていた知正の腕を村重は離した。

「えっ……」

拘束を解かれた知正が、啞然とした。

「憎しみ合って争うのではない。寄る辺の違いで袂《たもと》を分かつだけだ」

村重は知正に告げた。

「信濃守……」

知正の興奮が一気に冷めていった。

「左衛門尉どのよ。孤立できぬ我らが頼るべき大樹をときと場合で変えるのは乱世の習い。他人から非難されるものではござらぬ」

「ああ、そうよな」

村重の言葉に知正が同意した。

すでに天下には、数カ国を領する大大名が出現していた。

関東の北条《ほうじょう》、甲斐の武田、越後の上杉、尾張の織田、安芸《あき》の毛利、土佐《とさ》の長宗我部《ちょうそかべ》、豊後《ぶんご》の大友《おおとも》、薩摩《さつま》の島津《しまづ》らだ。これら大大名は、近隣を切り取って大きくなっていった。兵も金も持つ大大名にかなうべくもない一国以下の小名たちに生き残る方法は二つしかなかった。

自ら膝を屈し配下になるか、別の大大名の庇護《ひご》を受けるかである。いや、もう一つあった。天皇あるいは将軍の直臣となって、権威の鎧を身に纏《まと》うかしかない。

「拙者は、織田信長どのこそ、天下の覇者と読みました。しかし、左衛門尉どのは、信長どのは保たぬと考えられた」

「ああ。武田、本願寺、浅井、朝倉、雑賀衆《さいかしゅう》、三好、松永らを敵にしたのだ。いかに織田が裕福で兵数も多かろうが、勝てまい」

知正が述べた。

「我らの違いは、そこだ。どちらにすがるかの判断の差」

「うむ」

村重と知正がうなずき合った。

「それで争えば、傷つくのはお互いであり、利はござらぬ。いや、かえって弱くなり、伊丹に得を与えるだけでござる」

「……たしかに」

二人の会話を聞いていた家臣たちも落ち着いてきた。

「いかがでござろう。公方さまか、信長どのか。近いうちに結果は出ましょう。そのとき、生き残りに成功したほうが、もう一方を救うということにいたしませぬか」

村重が生き残りの提案をした。

「救う……」

知正が繰り返した。

戦国で救うといえば、命しかない。それぞれの功績と引き替えに、相手の助命を願うというのはどうかと言う村重に、知正が悩んだ。

「よいのか、信濃守」

「それくらいのことをするだけのつきあいはしてきたと思いまするが」

確認した知正に村重は告げた。

「わかった。ともに救い合おう」

「はい」

「ただし、戦場で出会ったときは手加減なしぞ」

「念には及ばず」

宣言した知正に、村重は笑った。

「この場は負けた吾が消えるべきじゃの。命の代わりに城一つ。安いものじゃ」

知正が城を出ると言って立ちあがった。

「お見送りを」

村重が己に与してくれた者たちに、池田知正とその家臣たちが城をおとなしく出ていくかどうかを確認するように指示した。

「お見事でござる。兵を傷つけず、城を取られた」

黙って内紛を見ていた細川藤孝が、村重を褒めた。

「…………」

村重は沈黙した。

「あのまま争っても、荒木どのが勝たれただろう。池田知正どのの喉に模した刃先を少し進めるだけで、ことは終わる。もっとも、知正どのについていた家臣たちは、それこそ荒れ狂うであろう。貴殿と同心の方々も多くが傷ついた。しかし、それは問題ではござらぬ。よろしくないのは、この場にいなかったご家中の方々だ。主君をだまし討ちにしたとしか見えぬ状況でござる。皆、おとなしくご貴殿に従ったとは考えられませぬ。それこそ、逆賊を討つという方々が蜂起、内紛となったでしょう。それを知正どのが、自ら城を出られるように仕向けたことで防がれた。いや、武勇だけでなく知略も兼ね備えておられる」

細川藤孝が感心した。

「………」

「頼みにしておりまする」

黙っている村重を残して、細川藤孝が去っていった。

「見抜かれていたか。怖《おそ》ろしい御仁よ。敵に回したくはないな」

一人残された村重が、身を震わせた。

「だが、ようやく主君になれた。他人に、父に決断をゆだねなければならなかった日々が終わった」

村重が歓喜した。

「急げ」

すぐに村重は、信長の側近で二条御所普請奉行を任された堀久太郎秀政《ほりきゅうたろうひでまさ》のもとへ、使者を走らせた。

「今よりお味方つかまつり、忠節を尽くしまする。つきましては摂津国十三郡を、我が切り取り次第として仰せつけられるべく願い奉《たてまつ》る」

村重は信長に味方する代わりに、摂津一国を好きにさせて欲しいと願った。

「厚顔にもほどがある。織田を敵にしておきながら、摂津を寄こせとは」

佐久間信盛らが、村重の要求に憤怒した。

「切り取り次第と申しておる。もともと摂津は多くの国人どもが割拠し、なかなか一つにまとまらず、もめ事の多いところだ。それを自力でまとめると言っているのだ。我が兵を使わずともすむ。もし、認めねば、我らで摂津を平らげねばならぬ。そのおりには、荒木がもっとも手強《てごわ》い敵として立ちふさがろう。今、摂津ごときに手間をかけている暇はない」

信長が述べた。

「それに余はいずれ西国にも手を伸ばす。摂津が味方であれば、中国へ四国へ兵をだすときに便利である」

四面楚歌《しめんそか》とまではいかないが、芳《かんば》しい状況にない織田である。信長は村重の求めに応じた。

「お約束を確かなものにするため、直接のお目通りを願う」

信長からの返答を受けた村重は、家臣たちを集めて述べた。今までは池田の家臣という立場であったため、信長を遠くから見たことはあっても話をした経験はなかった。

「取り籠《こ》められて討たれるやも」

「御身がいかれずとも」

家臣たちが口々に懸念を表した。

「いや、信長さまは、そのような姑息《こそく》な手だてを取られるお方ではない」

村重は首を左右に振った。

「なにより、我らは一度信長さまに逆らっている。それの詫《わ》びもせねばなるまい」

直接織田の軍勢と矛をかわしてはいないが、白井河原の戦いの停戦を命じてきた信長の使者を追い返している。突き詰めれば、信長への反抗と取られても文句は言えなかった。

「ですが……」

「心配いたすな。摂津切り取りのお礼に行くのだ。これも生き残るための手だてじゃ。吾の読みを信じよ」

村重は決意を見せた。

三月二十九日、村重は細川藤孝と共に、上洛してきた信長を出迎えた。幸い、池田から北は、信長方が制している。わずかな供だけを引き連れた村重は、なんの支障もなく逢坂《おうさか》に着いた。

数万の軍勢を引き連れて信長が逢坂まで来た。

「細川兵部大輔藤孝にございまする」

「荒木信濃守村重と申しまする」

馬から下りた二人が、片膝をついて頭を垂れた。村重初めての目通りであった。

「出迎え大儀」

二人の姿を見た信長が声をかけた。

「ついて参れ」

信長が馬上から二人に指示した。

二条衣棚《ころものたな》の妙覚寺《みょうかくじ》に入った信長は、諸将を集めて宴席を開いた。織田家の譜代、近隣諸将で信長に味方する者が一堂に会した席の片隅に、村重もいた。

「……よくぞ顔を出せたものよ」

一度敵対したといえる村重への風当たりは強く、顔見知りの細川藤孝くらいしか話しかけてくる将はいなかった。

「信濃守どのよ。ご紹介しよう。吾《わ》が友、明智光秀どのじゃ。先月、公方さまの臣から、織田へ籍を変えられたばかりでな」

細川藤孝が一人の将を紹介した。

「荒木信濃守村重でござる。以後、よしなにお願いをいたしまする」

村重はていねいに挨拶をした。明智光秀の名前は摂津でも知られていた。朝倉から義昭の供をし、その後、義昭の家臣のまま織田に与力し、京付近での戦いで何度も手柄を立てている。京都奉行の一人として、信長に重用されていた。

「明智光秀と申す。聞けば、金ヶ崎でご一緒していたとか。あいにく、お目にかかってはおらぬようだが、これから頼みいりまする」

明智光秀が述べた。

「あの折りは、ご活躍でございました」

たしかに村重は明智光秀を覚えていた。明智の鉄炮《てっぽう》足軽の腕は、殿《しんがり》のなかでも群を抜いており、嵩《かさ》にかかって攻めてきた朝倉の先鋒《せんぽう》をさんざんに撃ち砕いた。その威力に朝倉の兵が怖じけづき進軍をためらったお陰で、殿の軍勢はほとんど被害を受けずに撤退できた。

「よくぞ、ご決断くださった。これで織田は勝った」

「畏《おそ》れ多い」

「そう堅い挨拶ばかりでは困りましょうぞ。さあ、胸襟を開いて語り合いましょうぞ。我ら三人、新参同士、力を合わせてな」

細川藤孝が場を取り持った。

「信濃、参れ」

盃が何度か行き交い、座が崩れかけたところで信長が村重を手招きした。

「急がれよ。殿は、形式より実を好まれる」

明智光秀が促した。

本来ならば、すぐ貴人の招聘《しょうへい》に応じるのは礼に反する。何度か、ご威光に圧せられて近づけませぬという形を見せるのが決まりであった。

「はっ」

村重は明智光秀の助言に従い、小腰を屈《かが》めた姿勢ながら、早足で近づいた。

「うむ」

すぐに動いた村重に、信長が満足そうな顔をした。

「喰っておるか」

「いただいておりまする」

問われた村重が一礼した。

「三人力だというの。その体軀《たいく》では、量が足りるまい」

信長が脇差《わきざし》を抜き、三方《さんぽう》の上に積まれていた餅《もち》を突き通した。

「これも喰え」

切っ先の出ている餅を信長が、村重へ向けた。笑っている信長の目を見た村重は、そこに何の感情もないことに気づいた。村重など、気にもかけていない。村重は信長の大きさに呑《の》まれた。

「………」

そのまま突かれれば村重は終わる。さすがの村重もためらった。

「いただきまする」

だが、村重の逡巡《しゅんじゅん》は一瞬だった。信長が村重を討つつもりならば、わざわざ己でせずとも、一言「斬れ」というだけですむ。なにせ、周囲にいる将は、すべて信長の配下なのだ。親しく声をかけ、盃を交わした細川藤孝でもためらわずに太刀を振るうのはまちがいない。

村重の生死はすでに信長の手のなかである。

「ごめん」

村重は膝行《しっこう》して近づき、大口を開けた。

「ほう。手で受け取らぬと」

信長が少しだけ目を見開いた。

「わかった。ほれ」

脇差を信長が前に出した。餅と切っ先が村重の口に入った。

「……」

周囲で見ていた織田の将たちが固唾《かたず》を呑んで見守るなか、村重はゆっくりと口を閉じた。そのまま餅を歯で挟み、後ろへと頭を下げる。刃が下の歯に触れたが、村重は慌てなかった。

刃が村重の口から出た。

「……」

村重は両手の袖《そで》を使って、信長の脇差の刃を拭《ぬぐ》った。

「馳走《ちそう》でございました」

一呑みに餅を喉へ落とした村重が平伏した。

「……刃まで拭うか。気に入った。村重、そなた今日より池田の姓を名のれ。摂津一国、思うようにいたせ」

信長が機嫌良く述べた。

「ははっ」

村重は、切所を乗りこえた。

第四章

一

信長の寄騎となった村重は、早速二条御所に籠《こ》もる足利義昭攻略へと参加した。

「洛外《らくがい》を燃やせ」

将軍を攻めるという叛逆《はんぎゃく》に等しい行為を避けたかった信長は、二条御所から離れた場所を壊滅させることで、脅しをかけた。

「和を結んでいただけませぬか」

「いいや、ならぬ。信長の首を見るまで躬《み》は戦う。謀叛人に従っている者どもに、将軍として命じる。心を入れ替えて、躬に旗を捧《ささ》げ、逆賊信長を討て」

焼けこげた匂《にお》いを身につけた信長の庶兄津田信広《つだのぶひろ》が使者となって二条御所を訪問、

和睦《わぼく》の再考を求めたが義昭は拒んだ。

「ここまで愚《おろ》かとはな」

あきらかに負け戦とわかっていながら強情を張る義昭に信長が切れた。

「世間が見やすいように、周りをきれいにしてやろう」

信長は、さらに二条御所の周囲、上京へ放火した。

「御所を守れよ」

天皇の坐《まし》ます御所の周囲を厚く守りつつ、信長は二条御所への圧迫を強めた。

「わかった。和を認める」

炎を背に二条御所を取り囲む織田の軍勢の圧力に義昭が屈した。

「後は任せる」

信長が京を後にした。

「情けない」

池田に戻りながら、村重があきれた。

「公方さまの肚《はら》なしもそうだが……」

洛外を焼かれたときは強気であったくせに、御所の周辺に火が付けられた途端、和睦を受け入れるなど、武将としての気概がなさ過ぎた。

「なにより公方さまにお味方すると言った者たちは、なにをしていた。浅井、朝倉が兵を出して信長さまの後背を脅かし、松永は伏見、三好は山崎に兵を集めて京を窺《うかが》えば、これ以上の増援を出せぬ信長さまは二条御所攻めを中断して、浅井、朝倉との決戦に挑まざるを得なくなる。京洛から織田の兵が消えれば、将軍一派が朝廷を手にできる。主上《おかみ》を手中にし、織田を朝敵とする詔《みことのり》をお出しくださるようにお願いをすれば……」

己ならこうするという案を村重は一人で口にしていた。

「織田と全面対決するだけの度胸もない連中ばかり。こんな連中と手を組むなど、滅びを待つのと同じだ」

村重は嘆息した。

「兵を休ませよ。信長さまは勝ちの勢いにある。すぐに次の戦が始まるぞ。手柄を立てるは今じゃ」

池田城へ戻った村重は、兵たちを鼓舞した。

村重の願いは摂津の西を押さえる伊丹城を吾がものにすることであった。すでに高槻城、茨木城は村重の下に入り、摂津の中央と北を支配している。残るは伊丹氏の押さえる摂津の西南だけであった。

「伊丹は味方」

村重は無念であった。伊丹親興は織田信長の配下であり、つい先日も三好三人衆と河内で争い、これを撃退している。

いかに村重が信長の配下になるときの条件が、摂津切り取り次第といえども、味方を攻めるわけにはいかなかった。

「信濃守さま、今井宗久《いまいそうきゅう》どのがお見えでございまする」

家臣が来客を伝えてきた。

「お見えか。お通ししてくれ」

村重は家臣に命じた。村重は池田城から知正が出ていった後、信長の許しを得て池田を名乗っていた。村重の妻は三代前池田家当主長正の娘である。婿入りした形をとれば、池田を名乗っても問題ない。名前を変え、池田の当主となった村重だったが、家臣たちの多くは先日まで同僚だったのだ。いきなり偉そうな態度を取って反発を喰《く》らえば、追い出されかねない。村重は、ていねいな口調を心がけていた。

「お邪魔をいたしまする」

待つほどもなく、今井宗久が広間に現れた。

　今井宗久は、大和国の出で後に堺へ移り、茶人武野紹鷗《たけのじょうおう》の女婿《むすめむこ》となった。早くから信長の実力を買い、誼《よしみ》を通じていた。信長に抵抗した堺衆と織田家の和睦を仲介した功績により重用され、但馬《たじま》銀山の取締、鉄炮《てっぽう》の調達などを任されていた。

「呼び立てして申しわけない」

「いえ」

　軽く頭を下げた村重へ、今井宗久が首を左右に振った。

「まずは茶を馳走《ちそう》してくれぬか」

「よろしゅうございまする」

　村重の願いに今井宗久がうなずいた。

「用意をいたしなさい」

　今井宗久が供の小者に命じた。

　織田の家中では、茶会を開くには信長の許可が要った。ただし、茶道衆である今井宗久や千利休《せんのりきゅう》らが出向いての稽古《けいこ》は認められていた。

「……宗久どのよ」

　湯を沸かすところから始めなければならないため、かなりのときがかかった。その間を村重は無駄にしなかった。

「鉄炮を手配してもらえぬか」

村重が頼んだ。

「………」

すぐの返答を今井宗久はしなかった。

「どうぞ」

ゆっくりと今井宗久が茶を点《た》て、村重に勧めた。

「ちょうだいする」

軽く一礼して村重は茶碗《ちゃわん》を手にした。

摂津は京と堺に近いため、その文化の影響を受けやすい。戦にはかかわりないことだったが、村重は茶の喫しかたを知っていた。

「馳走でござった」

礼を言い、茶碗を村重は置いた。

「なかなかにお見事な」

その姿勢の良さに、今井宗久が感嘆した。

「さすがはお武家さまでございますな。背筋の通りが違いまする」

「背骨は武の根本でござるゆえ」

村重が答えた。

「で、ご手配願えようか」

話を鉄炮へと村重が戻した。

「難しゅうございまする」

茶碗を洗いながら、今井宗久が首を小さく振った。

「今、堺で作られている鉄炮、そのほとんどが織田さまの御命。納めずともすんでいる鉄炮は極少数でございまする」

「むう」

知っていたこととはいえ、あらためて告げられた村重は唸《うな》った。

「織田さまからお借りなされば。羽柴さま、明智さま、柴田さまへ、鉄炮をお貸しなされていると聞きますが」

今井宗久が提案した。

「羽柴どのたちと、吾では立場がな」

言われた村重が顔をゆがめた。

織田信長のもとに与《くみ》しているが、村重はその直臣ではない。村重は摂津の国人《こくじん》領主たちをとりまとめて、織田家に与力しているだけなのだ。

「我ら与力の者に、鉄炮は預けていただけぬ」

村重が嘆息した。

「あれだけの功績をお立てになっておられるのでございまする。御家中の方々と肩を並べても恥じることない荒木さまならば、かないましょう」

今井宗久が村重を持ちあげた。

「無理だろう。鉄炮は戦を左右する武器だ。数をそろえればその威力はすさまじいものになる。どれほど槍《やり》の技を磨き、天下に名のある武将といえども、足軽が放ったたった一発の弾丸に命を落とすのだ」

村重は鉄炮の価値を十分に理解していた。

「鉄炮の多いほうが、戦いを制すると」

「数にもよるがな。百や二百の差ならば、さほど問題にはなるまいが、千挺《ちょう》から違えば、勝負になるまい」

冷静に村重が分析した。

「鉄炮を多く持つお方が、天下を取る……」

今井宗久が問いかけるように村重を見た。

「鉄炮の数で戦には勝てるだろうが、天下はどうかの」

村重が首をかしげた。

「天下は力でどうにかなるものではないと思う」

「他に何が要るのでございましょう。ご教示いただきたく」

今井宗久が訊《き》いた。

「まずときの運よ。過去なんども天下は乱れた。源平《げんぺい》、建武《けんむ》の中興《ちゅうこう》、室町。だが、そのどれもが、治まっている。平清盛《たいらのきよもり》、源頼朝《みなもとのよりとも》、後醍醐《ごだいご》天皇、足利尊氏」

「そのお方たちがいなかったならば、戦乱は終息していないと」

「おそらくな。いや、とって代わる人物が出て、同じように天下はまとめられたかも知れぬ」

確かめるような今井宗久に、村重は述べた。

「では、ときの運以外では」

「人心だ。人々の支持がなければ、天下はならぬ」

村重が告げた。

「人心……それはまたあいまいなものでございますな」

思ってもみなかった回答に、今井宗久が驚いた。

「この人ならば、先を預けても大丈夫だと思える御仁でなければ、天下は一度治まっても、すぐに乱れる。建武の中興がそうであろう」

村重が今井宗久を見た。

北条執権家による幕府簒奪《さんだつ》の長い歴史が、元寇《げんこう》という外圧を機に破綻《はたん》、求心力を失った。そのとき、後醍醐天皇が王政復古を掲げ、幕府を倒し天下を取った。しかし、後醍醐天皇は、実際に戦った武家ではなく、側近として仕えていた公家たちを優遇したため、反発を買い、数年で天下を失った。

「さようでございますな」

今井宗久が納得した。

「戦を終わらせるには力が要る。力なき者の声など、戦場では通らぬ。だが、泰平に力は不要。武力で維持する泰平は、さらなる力で破れる」

「では、泰平を守るには何が要りましょう」

独り言のように語った村重へ、今井宗久が尋ねた。

「明日……」

「……明日」

与えられた答えに、今井宗久が唖然《あぜん》とした。

「そう。明日が確実に来るという安心感。それだけが天下を安寧にする」

村重が断言した。

「それを織田さまはお持ちでしょうか」

「……………」

村重は口を閉ざした。

「わかりましてございまする。鉄炮のこと、できるだけやってみましょう」

返答を求めず今井宗久が引き受けた。

二

織田信長の下《もと》に入った荒木村重に休む暇は与えられなかった。

もともと村重は主君だった池田知正と、十五代室町将軍足利義昭を助けるかどうかで、袂《たもと》をわかったようなものである。

足利幕府に先はなく、織田信長が天下を取る。そう村重は読み、信長に与すると決めたのだ。当然、足利義昭とは敵対することになった。

最初は元亀四年（一五七三）三月二十九日であった。将軍になったはいいが、信長の傀儡《くぐつ》でただの飾りでしかないことに憤った足利義昭がついに二条城で挙兵した。

三淵藤英《みつぶちふじひで》、一色藤長ら五千の兵を集めた足利義昭は、当初信長の京都奉行村井貞勝の屋敷を取り囲むなど気炎をあげた。

この討伐に村重は参加した。柴田勝家を総大将とし、明智光秀、細川藤孝ら一万の大軍が、二条城を包囲、その威力に恐れをなした足利義昭が正親町天皇に泣きついて、四月の七日に和睦となった。

「矢合わせだけで終わった」

籠城《ろうじょう》した足利義昭に圧迫をかけるだけだった戦いに、村重は拍子抜けした。

「あっさりと降伏するなら、兵を挙げてくれるな」

村重は足利義昭に文句をつけた。

戦をするしないにかかわらず、兵を集めるというのは金がかかる。田植えや稲刈りの時期でなければいいというものではない。徴用した兵の武器や胴丸、兵糧《ひょうろう》はこち ら持ちなのだ。しかもそれを信長に請求するわけにはいかなかった。

領地を保護してもらう代わりに、軍役を請け負うのが決まりであった。もし、出兵に代償を要求すれば、己の領地が敵に襲われたときの経費は負担しなければならなくなる。戦で領土が荒れ果て、収入が見込めないか大幅減となったうえに、戦費の弁済までしていては、とてもやっていけない。いざというとき守ってもらうためには、赤字であろうとも招集に応じて兵を出さざるをえないのだ。

「池田の庄を把握せねばならぬというときに」

多くの家臣たちが村重を支持したとはいえ、心服している者は少なかった。池田知正とは決別したわけではないが、それでも池田の領地を奪い取ったには違いない。簒奪と言われても仕方ない状況である。そうでなくとも荒木は、よそ者なのだ。丹波から逃げ出してきた荒木が、池田に拾われて一人前の武将となっている。その恩を忘れて、主君を追い出しその後に座るなど、反発を買って当然であった。

今の村重は、戦などしている場合ではなかった。少しでも地元の国人たちを慰撫《いぶ》し、配下に取り入れていかなければならない大切な時期である。そのときに、本気とも思えない戦に駆り出されてはたまったものではなかった。

「将たる器にはあらず」

村重は足利義昭を完全に見限った。

足利義昭と絶縁したのは村重だけではなかった。

すでに織田に傾いていた高山友照、右近の親子が動いた。

まだ足利義昭が大和東大寺一乗院にいたころから従っていた和田惟政の遺児惟長を、

高山親子が高槻城から追放した。

「ご配下にお加えいただきたく」

村重の重臣中川清秀を通じて、かつて細川藤孝が言っていたように高山親子が臣従してきた。

「励め」

心中の喜びを隠して、村重は二人を迎えた。

「織田の殿に」

村重は急ぎ、経緯を信長へ報告した。足利義昭の家臣である和田であったが、信長によって摂津三守護の一人に任じられている。了解を得ておかなければ、謀叛《むほん》である高山友照らの行動の責任が村重にまで及びかねなかった。

「好きにせい」

信長の返事は端的であった。

「……将軍をなんとも思っておられぬな」

村重は、足利義昭の直臣を放逐した高山友照らを咎《とが》めなかった。これは信長がもう足利将軍の権威を気にしていないという証拠であった。

「これで北を気にせず、南へ向ける」

村重は満足げに笑った。

和田、荒木、伊丹の三氏が摂津を支配していた。和田を吸収したおかげで、村重は伊丹に倍する力を持った。

「あとはきっかけだけだ」

伊丹も信長に属している。勝手に戦を仕掛けることはできなかった。

村重が伊丹城攻めを考えているとき、天下に衝撃が走った。

「それは真《まこと》でござるか」

思わず村重は信長の使者に問うた。いや、確かめずにはいられなかった。

「武田の軍勢、甲斐へ向けて退いておりまする」

「なぜだ……」

村重は呆然《ぼうぜん》とした。

武田信玄率いる上洛軍は、徳川の諸城を落としながら進軍、迎撃に出てきた徳川家康本軍と織田から出された援軍一万五千を三方原《みかたがはら》で蹴散《けち》らし、浜松城まで迫っていた。まさに、徳川を滅ぼす寸前であった。

勝っていた武田が撤退した。その理由に村重は思い当たらなかった。

「おそらく信玄の体調が悪化したのではないかと」

「むう」

武田は徳川の領地に侵入して陣を張っている。地の利は徳川にあり、透破《すっぱ》や乱波《らっぱ》を忍びこませたり、遠くから様子を窺《うかが》える。

使者の言葉に村重はうなった。

「まだ武田はなにも申しておりませぬが……」

「死んだこともあると」

「そのように殿が」

使者がうなずいた。

「ご苦労でござった。なにもないが、湯漬けの用意をいたしておりまする」

村重は使者をねぎらって、帰した。

「信玄一人死んだとて、武田の将兵が減るわけではない。跡を継いだ者が軍勢を把握したとき、また来るだろうが……それまで将軍さまは、ご辛抱できるかの」

一人になった村重は、京の空を仰いだ。

村重の予想どおり、ふたたび足利義昭が挙兵した。

敗北から三カ月経った七月三日、足利義昭が信長討伐を宣した。

さすがに前回の教訓を生かし、平城で守りのしにくい二条城を三淵藤英に預け、足利義昭は宇治の湿地帯に設けられた要害槇島《まきしま》城に籠もった。

「実情が見えぬにもほどがある」

信長から出兵の命が来た村重は嘆息した。

「勝てもせぬくせに」

文句を言いながらも、村重は京へと馬を走らせた。

「伊丹が、籠城」

「まことか」

嫌々戦の準備をしていた村重のもとに、伊丹親興が足利義昭側に立ち、信長と敵対したとの報せが来た。

「名分来たり」

村重は快哉《かいさい》を叫んだ。

「今度の戦、無理はするな」

伊丹征伐が控えたのだ。村重は将兵を抑えた。

「さっさと落とせ」

足利義昭の二度目の反抗を信長は予想していたのか、あっという間に兵が集まった。

わずか四日で、織田の兵が二条城を取り囲み、周囲を焼いた。

「降伏せねば落とすだけよ」

信長が大軍をもって二条城へ攻撃をしかけた。二条城は信長が、足利義昭のために建てた城である。堀も広く城壁も高い。とはいえ、京の町中にある城でしかない。何重の堀、土塁もない。信長が援軍を率いて来るまでの数日、耐えられればいいという造りでは、そうそうもつはずもなく、三日であっさりと開城した。

「援軍のあてもなく籠城などするからだ」

落城のどさくさに紛れて逃げ出した三淵藤英を村重は嘲笑《ちょうしょう》した。そもそも城に籠もり敵軍を受けるというのは、野戦で勝てないのでそうするしかないからであった。勝てないとわかっていて籠城をするのは、駆けつけてくれた援軍とで、攻城軍を挟み討ちにするか、長滞陣を強いて兵糧《ひょうろう》がなくなり引かざるをえなくさせるかのどちらかを狙《ねら》うためである。

京の周囲ほとんどを手にしている信長相手に兵糧切れはなく、たとえ援軍が来るにしても、それら信長の領地を平らげてからでなければ、二条城まで兵を寄こせないのだ。

「無駄に兵を死なせ、城を失ったという悪評だけしか残らない。まったく意味のないことだ」

村重は疲労感に苛《さいな》まれながらも、宇治へと向かわざるを得なかった。

槇島城は幕府奉公衆真木嶋昭光《まきしまあきみつ》の居城で、宇治川を外堀代わりに使い、湿地帯のなかに本丸を持つという堅固なものであった。とはいえ、城は小さく、なかに籠もる者も四千ほどと少なかったため、一万五千からなる信長の前には抵抗できず、四方から攻撃を受けたうえ、火を放たれて落城した。

「二度と逆らわぬ」

足利義昭は嫡男義尋を人質に差し出して、信長に和を請うた。

「京に戻すに値せず。河内へ放り出せ」

信長は足利義昭を許さなかった。羽柴秀吉に護送されて足利義昭は河内の国主三好義継のもとへと送られた。

「信長さまも惨いことをなさる。いかに妹婿とはいえ……」

一門の吹田村氏《すいたむらうじ》が小さな声で言った。

吹田村氏は村重の実弟である。村重の地盤固めの一つとして、摂津の有力な豪族吹田氏へ養子に入っていた。

三好義継は十二代将軍足利義晴の娘を正室にしている。義昭とは義理の兄弟になるが、三好義継は足利義昭の兄、室町幕府十三代将軍義輝を二条御所に襲って殺した大逆人である。

「たしかに義理の兄弟などという関係は赤の他人より質《たち》が悪い。将軍さまもたまらぬであろうな。いつ、三好義継によって寝首を掻《か》かれるかと思うと夜も眠れまい」

村重は、足利義昭に同情した。

「他にも預けるところはいくらでもございましょうに。いっそ……」

吹田村氏が嘆息した。

「後腐れはないだろうが、これから天下を治めようとするお方に悪名はまずかろう。あれでも将軍さまだからな」

殺したほうがましだろうと暗に言った弟に、村重は苦笑した。

「三好義継どのも織田さまに心底従っているわけではございますまい。そのお二人を一緒にしてよろしいのでしょうか」

吹田村氏が問うた。

「一緒にしたところで、大したことはできまい」

「しかし、三好はかなり勢力を落としたとはいえ、阿波と淡路、讃岐の一部を領しておりまする。息を合わせて来られては……」

「信長さまに抜かりはない。三好義継は三好の当主だが、他の有力一門と仲が悪い。三人衆と何度も争っている。とてもではないが、手を組むことはなかろう」

懸念を村重は払拭《ふっしょく》した。

「松永弾正どのはいかがで」

吹田村氏が声を潜めた。

大和の守護を預けられている松永久秀は、もとは三好義継の父長慶に仕える重臣であった。長慶亡き後の相続で義継を擁立、他の一門衆と敵対した。足利義昭を奈良の一乗院に軟禁しながら逃がしたり、信長の入京ではいち早く従ったり、金ケ崎の戦いでは不利な殿戦に参加したりときどきに応じて旗を変えた。そして、今回、武田信玄が上洛のために軍を動かしたと知り、ついに信長を見限り足利義昭についた。

「ものが見えるのか、見えないのか、よくわからぬ。あの御仁は」

摂津と大和は近いうえ、金ケ崎の戦いでは共に命をかけた仲である。茶の湯に造詣《ぞうけい》も深い松永久秀と村重はそれなりに交流があった。

「将軍さまが頼りにならぬと、もっともわかっているはず。それでいながら、謀叛を起こすとは……武田が京へ来るまで待ちきれなかったのかの」

理解できぬと村重は首を左右に振った。

「殿のところに誘いはなかったのでござるか」

馬を近づけて、吹田村氏が一層声を小さくした。摂津をほぼ押さえている荒木を味方にする意味は大きい。毛利や浦上ら、信長を嫌う者たちの兵が邪魔されずに届く。

「伊丹があっちについたからの」

村重も声をひそめた。伊丹も摂津の支配をもくろんでいる。村重と手を組んでいては、その夢は果たせない。

「…………」

吹田村氏が黙った。

「武田が京へ来るまでどれだけかかるか、それさえわからぬ連中が多すぎる」

村重が続けた。

「どれほど武田の兵が精強であろうが、甲斐から京は遠い。しかも間に徳川どのと織田さまの本貫地《ほんがんち》があるのだ。一戦で蹴散らしただけでは、背後に不安が残る」

本貫地は、その武家の出身地と言える場所である。地縁、血縁も深く、民が心から従っていることが多い。とくに忠義でなる徳川の領国三河は、それが強い。徳川の軍勢を一蹴して、織田の本拠尾張へ進軍したとき、背後で蜂起《ほうき》されては挟み討ちになる。

だからといって、三河に治安維持のための兵を置くわけにはいかなかった。さすがに落とした城や砦にはあるていどの兵を残すだろうが、それも限界がある。一カ所につき百人残せば、十カ所で千人になる。それを駿河《するが》、遠江《とおとうみ》、三河、尾張、美濃、近江と制圧するたびにおこなえば、いかに三万をこえる大軍といえども、京に着くころには半減している。

ならばと占領するたびに領地を慰撫していては、何年かかるかわからない。

「殿は、もう武田は来ないとお考えか」

「来ないというより、来られまい」

問われた村重は答えた。

「これが上杉ならば……」

「上杉は来ると」

弟が確認した。

「来る。上杉謙信は損得勘定ができぬ。奪った領地など気に留めず、さっさと京を目指すだろう。まさに鎧袖一触《がいしゅういっしょく》の勢いで、一月経《た》たずに将軍のもとへ馳《は》せ参じよう。軍の後で残兵が蜂起しようが、前に進むだけならば無視できるからな。錐《きり》のように正面を突破することだけを考えればいい。そして、上杉の兵はそれができる。上杉の兵は、謙信を神として崇めているらしい」

「一向宗のようにでございますか」

村重の説明に、吹田村氏が額にしわを寄せた。石山本願寺がある大坂摂津は、一向宗の本国である。領民にも一向宗徒は多い。年貢や賦役を拒否し、守護不介入を嘯《うそぶ》く一向宗の寺院は、どこの領主にとっても頭の痛い相手であった。

「一向宗ほどではないと思うがな。戦は勝って褒美をもらわねば意味がない。だが、一向宗は死ぬことを喜びとする。上杉の兵たちは、謙信に従えば負けないと信じている強兵だ。負けると思ったとたん、普通の兵は弱くなる。それがないのだ、上杉にはな」

かつて村重は上杉の軍兵を見たことがあった。

上杉謙信は今までに二度上洛していた。一度目は、天文《てんぶん》二十二年（一五五三）、従五位下弾正少弼叙任のお礼言上のためであり、わずかな供を連れただけであった。二度目は永禄《えいろく》二年（一五五九）、将軍足利義輝の求めに応じて、三好、松永を討伐するため五千の兵を率いて入洛した。当時、三好家に仕える池田家の若武者でしかなかった村重は、整然と馬をそろえる上杉の軍勢と対峙《たいじ》した。実際は小競り合いていどで話はつき、戦いはしなかったが、上杉軍の凜《りん》として揺らぎのない姿は強く思い出として残っていた。

「上杉謙信が立てば、三好も動いただろうがな。信玄だったゆえに、割れた」

阿波の三好を支えていたといわれるほどの名将篠原長房の籠もる上桜城を、阿波の国主三好長治が襲い、これを討ち取ってしまった。

一代の傑物といわれた三好長慶に重用され、長く阿波三好家を繁栄させてきた功臣を代を継いだ当主が殺す。老臣と若き主君の反発は、どこの家でもあることだが、織田信長に対抗するためには一枚岩でなければならない三好が、内部から崩壊した。これで四国からの援軍はなくなり、織田は無駄な兵を割かずにすんだ。

四国からの兵が来なければ、畿内《きない》の三好だけで信長を倒すことはできない。どころか、生き残れもしない。三好三人衆の一人として山城に勢力を保っていた淀《よど》城の岩成友通も、足利義昭の降伏の後信長の猛攻を受けて首を討たれた。

「将軍という権威に浮かれた結果とはいえ、死んでは意味がない」

岩成友通は、永禄十二年（一五六九）以降、信長に臣従、「表裏なき」として信用され、重用されてきた。その岩成友通も足利幕府という名前に殉じた。

「読みが甘い」

村重が厳しく評した。

「兄者」

吹田村氏が、村重の呼び方を変えた。

「なんだ」

身内としての問いかけだと悟った村重は先を促した。

「今回、上洛してくるのが武田でなく、上杉だったら……」

最後まで言わず、吹田村氏が窺うような目で村重を見た。

「………」

村重は黙った。

「わかった」

沈黙は雄弁以上のものを伝える。吹田村氏が小さくうなずいた。

「村氏よ。大名はな、なにがあっても生き残らなければならぬ」

正面を見つめながら、村重は話した。

「配下やその家族、そして領民を守る。これこそ大名の役目だ。周囲へと手を伸ばすのも、己の本貫地を他人に侵されないためだ。周りが皆、己のものになれば、戦いはなくなる」

「………」

黙って吹田村氏が村重の言葉を聞いた。

「一国、いや数カ国を治めれば、自立することもできよう。だが、今、荒木家は摂津の半分ほどしか持ってはいない。兵は集めても五千ほどよ」

村重は続けた。

「このていどの家は、より大きな大名に寄り添わねば生きていけぬ。乱世の波に飲みこまれて滅ぶだけだ」

「荒木にとって、それが三好であり、織田だと」

吹田村氏が理解した。

「ああ。ときと場合によって、どこに寄りかかるかを変える。ゆえに今は織田の下にいる。こうして軍を出し、兵を失い、金を使う。何一つ、この戦いで荒木は得たものはない。だが、それはしかたのないことだ」

村重が頬《ほお》をゆがめた。

織田から荒木への褒賞はないが、村重は動員した将兵のなかで目立つ動きをした者になんらかの褒美を出さなければならない。そうしなければ、将兵が戦で本気を出さなくなり、果ては荒木を見限っていく。

「これらすべてをわかったうえで、吾は池田を乗っ取った」

覚悟のほどを村重は口にした。

「……承知しました。なにがあっても殿に従いまする」

吹田村氏が家臣の立場に戻った。

三

茨木城へ帰った荒木村重はあらたな戦の準備に入った。もちろん、相手は伊丹親興である。

しかし、信長は村重を伊丹城攻めに専念させてくれなかった。

「放置するわけにもいかぬ」

信長は京を完全に制圧したあと、松永久秀の征伐に出た。

「摂津を崩すなよ」

村重を信長は摂津へ残した。

「承知いたしましてございまする」

その意図を汲んだ村重は、物見を出し、河内若江城を警戒した。

三好義継も信長を裏切っていた。

信長が上洛するなり、三好義継は松永久秀とともに膝《ひざ》を屈した。

当時、三好家はお家騒動を起こしていた。三好長慶の死後、三人衆と言われた重臣と養子三好義継が実権を巡って争ったのだ。三好三人衆と三好義継、松永久秀連合の争いは、地力に優る三人衆が優位となり、追いつめられた三好義継と松永久秀は、足利義昭を奉じて上洛した織田信長を頼った。

十三代将軍足利義輝を殺害した三好義継らを足利義昭は罰したがったが、それを信長はなだめ、畿内安定を優先させた。

その後は、三好義継も松永久秀も信長の指示に従っていたが、武田信玄上洛を聞いて、ついに叛旗を翻した。

「役たたずが出てきたならば、遠慮なく叩け。馬鹿を殺さずに預けた余の考えを読めぬようでは、遣いものにならぬ。せっかく吾がもとへの帰参をかなえてやろうとしたものを」

信長の機嫌は悪かった。

「帰参を……」

誰もが首をかしげた。

「なんのために、馬鹿を預けたと思っておるか」

問われた信長が一層腹を立てた。

「……将軍殺し」

気づいた村重が息を呑《の》んだ。

「ふん。一度しているのだ。もう一度やったところで、悪名は変わるまいに」

信長が吐き捨てるように言った。

「……………」

聞いていた諸将が絶句した。

「あの愚か者を自儘《じまま》にさせれば、毛利や上杉に行きかねぬ。腐っても将軍だ。将としての器量はまったくないが、旗印にはなる。吾に刃向かうだけの名分を毛利らにくれてやるわけにはいかぬわ。それに……」

信長が諸将を見渡した。

「天下人になる余が、将軍殺しの悪名を着るわけにはいかぬだろうが」

「……………」

「わかったならば、働け」

言葉を失った配下たちを信長が急《せ》かした。

「はっ」

「ただちに」

信長は思いきった重用をする代わりに、動きの遅い者を嫌う。それを身に染みている羽柴秀吉、明智光秀らが、駆けだしていった。

「御免」

一礼して、村重が背を向けた。

「待て、信濃守」

信長が止めた。

「そなたを大和へ連れていかぬわけをわかっておるの」

「……ごくっ」

村重は唾《つば》を呑んだ。

「返事は」

黙った村重を、信長が急かした。

「できるだけのことをいたしまする」

村重は明言を避けた。

「……行け」

鋭い目つきで睨《にら》んだ信長が、手を振った。

「では」

逃げるようにして村重は、信長の前から下がった。

村重は見えない操り糸が、身体にまとわりつこうとしているのを感じた。

三好義継は勢いにのって信長の妹婿で河内に居城を持つ畠山昭高、細川昭元を攻め、敗走させ、河内一国を手中にしていた。

とはいえ、一人で信長に勝てるほどではない。城から兵を出して摂津に攻めていくだけの力はなかった。

武田が上洛、四国から三好も兵を出し、近江六角の残党が蜂起と絵に描いた餅《もち》を喰《く》らおうとしていた三好義継だったが、予想とまったく違い、不利な状況になったため、亀《かめ》のように居城に籠もって出てこなくなっていた。

「落とせとは言われておらぬ」

村重も見張るだけに留めていた。

遠巻きどころか、摂津と河内の国境に物見の兵を置いただけであった。

「本気かの、織田の殿は」

中川清秀が首をかしげた。

「わからぬ。気を回して攻めてもよいが……」

村重は、信長の意図を読んではいたが、真意とは思えなかった。

「たしかに将軍を野に放つのは危険でしょうが……」

中川清秀も難しい顔をした。

茨木城を預けられている中川清秀は、荒木家のなかでも重い立場にある。武勇だけでなく、軍略にも秀でていた。

「前例がございましょうに」

「足利義輝さまか」

「さようでござる」

中川清秀が首肯した。

足利義輝は、いろいろな意味で波瀾万丈《はらんばんじょう》な将軍であった。三好義継らによって討たれた最期もさることながら、就任からしばらくは京から逃げだしていた。三好長慶と争って負けた足利義輝は、六角氏を頼って、近江坂本へと落ちていた。

「たしかに、そこから天下の大名たちに指示を出されていたな」

足利義輝は、京を追い出されてから、より熱心に大名たちとの連絡を取った。親子でもめていた奥州伊達《だて》家に和睦を勧めたり、九州の大友を筑前《ちくぜん》、豊前の守護に任じるなど将軍の権威を高めるため精力的に活動した。

他にも上杉謙信輝虎《てるとら》を始め、伊達輝宗《てるむね》、毛利輝元《てるもと》と有力な大名に将軍の名前の一文字を与える偏諱《へんき》を多発した。将軍の偏諱をもらうのは、大きな名誉であるとともに、係争で将軍の後ろ楯があると主張できる。偏諱をもらった大名は、当然、足利義輝に恩を感じる。

これらの大名が、足利義輝を後押しし、ついに三好長慶は京へ迎えざるを得なくなった。

「しかし、命を奪われた」

将軍としての求心力が高まれば高まるほど足利義輝は、三好にとってつごうが悪くなる。

まだ三好長慶はよかった。その政治的手腕は足利義輝を大きく凌駕《りょうが》していたため、さほど気にしなくてすんだ。だが、跡を継いだ三好義継には、なんの実績もない。実績のない三好義継より、将軍という名分を持つ足利義輝に人望が集まるのは当然であった。

「このままでは、三好が滅ぼされるのではないか」

足利義輝が将軍として名をあげるたびに、三好義継は不安になり、それがついに爆発した。

「義昭さまは、兄義輝さまに比して、器量で劣る。毛利にいったところで、さほど怖《おそ》れずともよかろう。そもそも毛利は、上洛して天下に号令しようという気概がない。来られても困る……か」

村重がため息を吐いた。

天下に号令しようと思う者にとって、将軍というのはなによりの御旗であった。なにせ将軍は、すべての武士を統《す》べる者であり、敵対する者は謀叛人なのだ。将軍を手中にしてしまえば、いつでも誰でも討てる大義名分が立つ。野望ある者にとって、これほどありがたいものはない。

「信長の殿は、将軍をさんざん利用された」

大和から逃げ出し、近江、越前と逃げ回り、朝倉家に保護されていた足利義昭を、織田信長は引き受け、京へ送り届けた。おかげで足利義昭は十五代将軍となることができた。

と同時に、織田信長も足利義昭という名前を借りてであるが、天下に号令する権を得た。

当初はどちらも得をする関係であった。

しかし、二人の良好な関係は、そう続かなかった。最初に我慢できなくなったのは、足利義昭であった。

たしかに越前で無為な日々を過ごしていた足利義昭を奉じて六角氏を討ち、三好を蹴散らして、征夷大将軍の座に就けてくれたのは信長であった。

「吾が父よ、副将軍の地位を受けてくれ」

当初、足利義昭は感激の余り、信長を父とまで呼び、副将軍という座を新設して恩に報いようとした。

それを信長は受けなかった。

「権威など信長の殿は気にされぬ」

村重は、名よりも実を取るのが信長だと見ていた。

将軍という権威に縋《すが》り付いている足利義昭と、官位など衣服の飾りていどにしか見ていない信長では、意思の疎通がはかれるはずもない。

足利義昭は、征夷大将軍になった以上、すべての武家は吾に従うべきだと信じ、それを信長にも求めた。

「自力で将軍になれなかったくせに」

信長は、権威を振りかざす足利義昭が気に入らなくなった。

「生意気な」

どちらもがそう思った。

足利義昭は、膝を屈しない信長を排除し、天下を思うがままにしようと考え、織田に匹敵する大名に教書を出した。

「将軍さまに逆らう、織田を討つべし」

天下に号令したいと考えていた武田信玄にしてみれば、まさに渡りに船であった。

他にも大きくなっていく織田に危機感を持った大名、石山本願寺、比叡山などが、足利義昭の誘いに乗った。

ついには、信長の妹婿浅井長政まで裏切るという、まさに四面楚歌《しめんそか》の状態に陥った。

だが、ここで寄り合い所帯の足並みが乱れた。

織田を倒す。信長を討つという目的で一致しているように見えるが、いざ戦いとなれば、話は変わってくる。

たしかに織田信長を討てば、その領土などを吾がものにできる。ここに落とし穴があった。織田家が信長を失って弱体化したのを攻めるのはたやすい。苦労せずに、大きな実りを得られる。

だが、直接信長と戦う連中にとっては、生死がかかっているのだ。

そもそも織田の強さは、金にあった。

伊勢湾の海運をうまく利用した信長は、織田に莫大な富をもたらした。その金で本来は農閑期に徴兵する百姓足軽を農作業から分離し、絶えず利用できる兵にした。こうすることで十分な練度を得ることができるようになり、弱いので有名だった尾張兵を、鍛えあげた。少し敗色が見えただけで逃げ出していた尾張兵が踏ん張るようになった。

さらに信長は金にあかして、鉄炮を揃えている。

鉄炮は作るのが難しいため、お仕着せの槍や太刀のように大量生産できない。職人が何人も集まって、ようやく一挺《ちょう》の鉄炮になる。また、機構も複雑で製造できる職人も少ない。当然、鉄砲一挺はとてつもない金額になった。そのうえ、鉄炮は一発撃つたびに輸入に頼るしかない高価な硝石を消費する。足軽が名のある武将を仕留めることのできる新式兵器の鉄炮は、壮大なまでの金食い虫なのだ。そこいらの大名に、信長のような大量運用はできない。

直接信長と矛を交える者は、勝つにしても多大な被害を被《こうむ》ることになる。いや、下手をすると織田の弱体化の代わりに、滅びるかもしれないのだ。

となると、どうしても腰が据わらない。織田と戦っていて、少しでも不利になると逃げ出す。いい例が朝倉であった。

越前の太守として長い歴史を誇った朝倉は、信長と敵対、浅井を味方に引きこみ、延暦寺などとも手を組み、一時は信長を追いつめかけた。しかし、どうしても己の命をかけた勝負に出られず、信長を逃がし続けた。

武田信玄上洛の折りもそれに呼応して兵を出したが、その到着を待ちきれずに撤退、やはり兵を出していた浅井、比叡山延暦寺を呆然とさせた。

「好機ぞ」

武田信玄が上洛を取りやめ、朝倉、浅井の連合の足並みが乱れた隙《すき》を信長は見逃さなかった。

「畿内を揺るがすな」

摂津衆に河内を、佐久間信盛に石山本願寺を見張らせた信長は、三万の兵を率いて越前へ出兵、一族の裏切りもあって、一乗谷は落城、朝倉氏は滅びた。

「つぎは、小谷じゃ」

信長は朝倉を滅ぼした勢いをかって浅井を攻め、これも滅ぼした。

「なんというもろさよ」

朝倉と浅井、越前と近江を領する大名が、一カ月ほどの間に潰れた。村重は、そのあっけなさに嘆息した。

「無理はないが……」

誰もが己は可愛《かわい》い。できるだけ自らは傷を受けず、おいしいところだけを持っていきたい。だが、そんな考えでまとまっていない連合で、織田は潰《つぶ》せなかった。

「これで織田はより強くなった」

越前と近江を手にした信長の勢力は、ますます強大になった。これで織田の本国美濃、尾張と京の行き来を阻害する者は消えた。

「次は三好だな」

村重は戦を覚悟した。

山城の岩成友通を討ち、近江を平定した信長は、河内若江の三好義継に矛先を向けた。

「足利義昭を匿うとはなにごとぞ」

信長は己で送り届けておきながら、難癖を付けた。

「なりふりかまわぬお方とは知っていたが……」

これには村重もあきれた。

村重はまだ池田の家臣だったころ、信長の朝倉征伐に加わり、浅井長政の裏切りを経験した。

「殿《しんがり》は藤吉郎に任せる。あとは勝手に退け」

そう命じた信長は、数万の兵を置き去りにして逃げた。その様子はまさに身勝手の極致であったが、正解であった。

尾張半国の小大名だった織田の躍進は、信長あってこそである。信長が死ねば、織田は崩壊し、最後は武田に飲みこまれてしまう。なりふり構わず、朝倉や浅井の兵に嘲笑されても、生き残れば勝ち。それを信長は理解していた。

そして、その通りとなった。

配下を見捨てて逃げた信長を「将たる器量にあらず」と嘲《あざけ》った朝倉義景、浅井長政は死に、織田の肥やしになった。

「三好も終わったな」

村重は感慨もなく、事実として受け止めた。

「おのれ、信長。尾張の田舎者が、三好を滅ぼそうとするか」

まだ若い三好義継は松永久秀と連絡し、信長に勝負を挑んだ。が、松永久秀の連携は若江城を包囲されたことでなせず、孤立無援となったところへ重臣たちの裏切りもあり、十一月十六日、妻子をまず殺してから自刃した。享年二十五、三好家の嫡流はここに絶えた。

「愚か者はどこだ」

信長は足利義昭を探した。

「すでに堺へ落ちたとのことでございまする」

生き残った三好家の重臣から訊き出した織田家の家臣が報告した。

「信濃守を呼べ」

不機嫌な顔で信長が命じた。

「お呼びでございましょうか……」

戦が終わったばかりである。若江城のなかに設けられた信長の仮本陣へ伺候した村重は、信長の顔を見て、怒っていると気づいた。

「逃がしたな」

信長は用件をよく省いた。それをふまえた上で、なにを求められているかを理解しなければ、家臣として重用されなかった。

「ご無礼を承知で抗弁させていただきまする」

村重は背筋を伸ばした。

「許す」

信長が発言を認めた。

「摂津から河内若江を見張るには、石山が邪魔をいたしまする。なにより、河内から堺は近うございまする」

若江から堺まで距離にして五里（約二十キロメートル）もない。馬を駆れば、半刻（約一時間）ほどで着く。

「山城へ向かったならば、逃がしはいたしませぬ」

河内から京の手前の山城へ行くには摂津を通らなければならない。生駒山《いこまやま》を越えて大和を経由する道もあるが、松永攻めでその行路は織田によって封鎖されている。三好三人衆の一人岩成友通を頼るには、摂津を通過しなければならなかった。

「上様」

村重は臣下としての礼を取った。

「なぜ堺に将軍さまのお身柄を要求されませぬ」

疑問を村重はぶつけた。

「…………」

信長が黙った。

堺は会合衆と呼ばれる豪商たちの支配地であった。交易、海運、金融を通じて莫大《ばくだい》な利をあげ、その金で堺を自立させていた。町の周囲に広くて深い堀と堅固な塀を巡らし、出入りを跳ね橋だけに限定した堺は、難攻不落の城のような造りであった。そこに戦場を経験した屈強な牢人《ろうにん》を雇いいれ、金と武力を見せつけ他国からの干渉をはじき返していた。

南蛮から輸入される貴重品を独占している堺と敵対するわけにはいかないと、三好家も本願寺も手出ししなかった堺を信長は放置しなかった。

「矢銭二万貫を出せ」

足利義昭を伴って上洛した信長は、将軍家警固のための費用を堺に要求した。二万貫は、米にして四万石になる。

「お断りを」

すさまじい金額である。尾張あたりから将軍を担いできた田舎大名の言うことなど聞いていられるかと、会合衆は拒絶した。

「ならば弓矢を馳走《ちそう》してやろう」

信長は万をこえる軍勢で堺を包囲、火矢を撃ちかけるなどして脅した。

「お受けいたしまする」

どれほど堅固な造りとはいえ、堺は商都である。跳ね橋を上げてしまえば、敵も入ってこられないが、ものも運び出せない。船を使った商いにも限界がある。

商人は金を稼ぐからこそ力を持つ。その物流を封鎖されてしまえば、干上がるしかなかった。

堺は信長の支配を受け入れた。

「堺の会合衆に命じられては」

「それはならぬ」

村重の提案を、信長が即座に拒んだ。

「……………」

「あやつらは商人だ。商人が武家の統領を殺す。いかに下克上の世とはいえ、身分の壁を破るのはまずい」

納得できないと表情に出した村重へ信長が告げた。

「武家が武家を害するのは……」

「当然の行為であろう。武士は戦って、人を討つことで生きているものだ」

納得していない村重へ、信長が言った。

「……………」

村重は黙った。

「いたしかたない。若江の城をしっかりと囲みきれなかった責は佐久間信盛にある」

信長が村重を咎めないと言った。

佐久間信盛は、信長の重臣筆頭である。信長がまだ織田家の家督を継ぐ前から仕え、織田信秀《のぶひで》の死去を受けて起こった織田家お家騒動のおりにも活躍した。信長が家督を継いでからの戦すべてに参加し、手柄を立てている。とくに織田家敗色濃厚となってからの退き戦を得意とし、退き佐久間との異名を持つ名将であった。

信長はもっとも信頼する老臣佐久間信盛を最大の敵、石山本願寺攻めの主将としていた。数万の兵を預けられているとはいえ、石山本願寺は町並み一つを抱えこんだ広大な寺域を持つだけでなく、いくつもの出城、何十の砦を周囲に配置し、信徒から集めた金で鉄炮を大量に配置、織田の攻撃を撥《は》ね返していた。

「堺に愚か者をさっさと追い出せと伝えてある」

「よろしゅうございまするので」

村重が問うた。

信長に負けて逃げ出したとはいえ、足利義昭は未だ征夷大将軍である。もともと武力をほとんど持たない足利幕府の将軍は、かざりものであった。だが、かざりものとはいえ、大義名分には違いない。足利義昭を引き受けた大名には、謀叛人織田信長を討つという名分が与えられる。

「将軍さまのご下知である」

そう言って周囲の大名に兵を出させたり、兵糧などを供出させることもできるのだ。

「降りかかる火の粉は払わねばなるまい」

村重の懸念を信長は一笑に付した。

「将軍を戦の口実に……」

「こちらから手出しをしたわけではない。向こうから斬りかかって来た。謀叛人と言われようが、己の命は守らねばならぬ。そして攻めこそ最大の守り。敵をたたきつぶして滅ぼせば、二度と襲われまい」

信長が口の端を吊《つ》り上げた。

「………」

村重は絶句した。

「堺を放り出された将軍をどこへ流れ着かせるかだな」

陸路は織田家が完全に押さえている。足利義昭が堺から逃れるには、船しかなかった。

「四国の三好はいまさらじゃ」

「いまさら……」

信長の言葉を村重は理解できなかった。

「十分、この吾に逆らってくれている。勢力ももうほとんどない。潰すだけの名分も手間も要らぬ」

信長は三好ではうまみがないと言った。

「かといって紀州はよくない」

紀州は信長に従っていなかった。根来寺の僧兵、雑賀衆らが宗教を軸に固まっている。さらに紀州は海に面しており、交易も盛んである。金もあり鉄炮も手に入れやすい紀州の兵力は、侮れないものであった。

そこに将軍という御輿《みこし》が加われば、石山本願寺も呼応しての大事になる。

「吾としては、畿内を押さえるだけのときが稼げるあたりがよいと思っておる」

「少し遠方……毛利、あるいは大友、尼子《あまこ》」

村重が口にした。

「毛利しかなかろう。尼子はもう瀕死《ひんし》だ。そして大友に行くには、毛利の鼻先を通らねばならぬ。瀬戸内水軍を手にしている毛利が、将軍という宝物を見逃すはずはない」

信長が毛利の一択だと言った。

「堺には早馬を立てる。信濃守、ご苦労であった。このまま信貴山へ行け」

「承って候」

松永久秀討伐の援軍に出向けとの命に、村重はうなずいた。

「ああ、信濃守」

背を向けて本陣から出ようとした村重を信長が呼び止めた。

「なにか」

立ったまま主君の話を聞くのは無礼である。村重は片膝を突いて頭を垂れた。

「次はない」

氷のような声で信長が宣した。

四

「弾正はどうするか。少しは見える男だと思っているが……」

信長はこの機を利用して、畿内の敵対勢力を一掃するつもりであった。

「このまま信貴山へ軍を進めよ」

三好義継を攻略した軍勢をそのまま向かわせた。

松永久秀の居城がある信貴山は、河内と大和を隔てる山脈の一つである。そこにあった古城を松永久秀は改築、天守閣を建て鉄炮銃眼を設けるなど要害としていた。しかし、どれほど難攻不落でも、援軍がなければもたない。三好義継の自刃を聞いた松永久秀は降伏、信長もあっさりと受け入れた。

「これでようやく伊丹を攻められる」

池田の城へ戻った村重は、安堵《あんど》した。

とはいえ、戦の連続はまずい。負担が大きすぎ、配下たちの不満となるからである。一応、主として兵糧の一部を負担はしているが、出兵しているあいだの留守までは面倒を見ていない。主君と家臣、あるいは主将と寄騎《よりき》、どちらも庇護を与える代わりに、奉公あるいは賦役を命じるからだ。

家臣たちは与えられた知行所のことだけですむからまだいいが、寄騎と呼ばれる小領主たちは己の領地の政《まつりごと》もしなければならない。田植えや稲刈りの季節に戦をしようとすると、兵を出してこないことさえある。しかもそれを咎められない。咎めれば、あっさりと鞍替《くらが》えしてしまう。田植えや稲刈りができなければ、飢える。それを保証できない限り、主将は寄騎に強制できなかった。

「それを思えば、信長さまは凄《すご》い」

信長は徴兵を止め、常備兵という制度を用いている。農閑期に百姓を徴用していた従来の戦を信長は変えた。

先日、村重も寄騎から信長の家臣になったため、変えていかなければならないが、それをするには、戦のない時期は遊んでいる兵たちを養うだけの金が要る。さすがに摂津半国と少しを領しているだけでは、無理であった。

「伊丹を取れば……」

村重はより一層、伊丹氏討伐に意欲を燃やした。

一方、伊丹親興はほぞを噛《か》んでいた。

「我らに織田信長追討を命じておきながら、さっさと降伏したうえ、西国へ逃げるなど……」

備後の鞆《とも》の浦《うら》に仮館を置いた足利義昭から届いた信長を討てという書状を、伊丹親興は握りつぶした。

「笛だけ吹いて、周囲が踊ろうと舞台に上がったところで、囃子方がいなくなる。これでは、我らは道化じゃ」

伊丹親興は不満を露《あら》わにした。

「信長に詫びるか」

降伏した松永久秀が処罰されなかったことが、伊丹親興を弱気にしていた。

「難しゅうございましょう」

息子の伊丹兵庫助忠親《ひょうごのすけただちか》が首を左右に振った。

「荒木か」

「はい。やっと伊丹へ攻め入る口実ができたのでございまする。信濃守がそれを見逃すはずはございませぬ」

「信長が我らを許せば、攻められまい」

松永久秀の領地が削られなかったという事実は大きかった。

「たしかに信長が我らの降伏を認めてしまえば、信濃守はなにもできませぬが……」

「なにを気にしているのだ」

伊丹親興が息子の懸念を問うた。

「摂津は京に近うございまする。これから播磨、備中、丹波へと手を伸ばすであろう信長にしてみれば、摂津が敵になるのはよくありませぬ」

「松永久秀の大和も同じであろう」

懸念の理由を聞いた伊丹親興が反論した。

「大和は周囲をすでに信長の勢力に囲まれておりまする」

「むうう」

岩成友通が滅び、大和から京へ出る途中にある山城は信長の手に落ちた。西に出ようにも生駒山を越えた河内、和泉も佐久間信盛が押さえている。

「大和で松永久秀が叛乱を起こしても怖くないか」

「はい。対して、摂津は織田と敵対している播磨、丹波、淡路と接しておりまする。もし、毛利が将軍さまの意向に従って兵を京に向けたならば、摂津は織田にとってその最初の砦。そしてなにより、我らが伊丹にある限り、石山本願寺を封じこめることができませぬ」

伊丹忠親が冷静に語った。

武田信玄が死んだことはすでに天下に知れ渡っていた。織田にとって脅威だった信玄がいなくなった今、石山本願寺こそ信長の覇道を邪魔する最大の壁であった。

「石山本願寺のう……」

天下百万の信徒を持つと豪語する石山本願寺には大きな弱点があった。本拠石山本願寺が抱えている僧侶、僧兵、職人、信者が多すぎ、自力で食料を賄いきれないのだ。とはいえ、輸送路の確保さえできれば、食料は信徒たちから無限といえるくらい送られてくる。ただ、堺、河内が織田の手になったことで、その輸送路のいくつかが使えなくなっていた。

石山本願寺は一方を大坂湾に面している高台にある。船を使っての輸送を防ぐ手段は、今の織田にはない。最低限の食料の供給は保証されているが、どうしても海路というのは安定しない。海が時化《しけ》れば、何日も船が入江に着けられなくなる。下手をすれば食料、武器、弾薬を満載した船が沈没することもある。

陸路での輸送は石山本願寺にとって重要であった。

「摂津一国を信濃守に与えるつもりだと」

「……………」

無言で父親の言葉を息子は肯定した。

「勝てるか」

伊丹親興が問うた。

「……織田へ和睦の使者を出してみましょう」

勝算を問うた伊丹親興に、息子はそう答えた。

伊丹氏は、摂津の有力な国人領主で、管領《かんれい》細川家に属していた。管領細川高国と一族の細川晴元の争いで、当主が討ち死にしてしまい、勢力を大きく減じた。その後細川晴元に属したり三好長慶のもとについたりしながら、乱世を生き残った。

そして足利義昭の上洛を受けて、織田に降伏、信長の配下となった。摂津三守護の一人として重用されていたが、足利義昭の誘いを受けて信長に敵対してしまった。

「本領安堵を認めてくれれば、非を詫びて開城するだと。愚か者が。伊丹の城を明け渡し、どこへなと行くならば命だけは助けてやる」

伊丹親興の使者を信長は追い返した。

「……ふむ」

信長と伊丹の間が決裂するのを、村重は黙って見ていた。

「どうやら、伊丹征伐を褒美にするつもりらしい」

村重は信長の配慮だと読んだ。

主将は寄騎、家臣を戦に駆り出したならば、相応の報償を与えなければならなかった。勝ち戦ならばもちろん、負け戦でもなにかを渡さなければ、次の動員に差し障りが出た。

今回の足利義昭の挙兵は、信長の圧勝で終わっている。信長があらためて手にした領土は、幕府領、山科、河内とかなりのものになる。そのほとんどを信長は直轄にした。そして、その国の軍勢を佐久間信盛に預け、石山本願寺との戦いにそなえさせた。

結果、兵を出した村重への褒美はなかった。

代わりに信長は、村重の摂津統一を認めたのだ。口にはしていないが、伊丹氏を滅ぼした後の摂津は村重に任せると言ったに等しいのが、先ほどの返答であった。

「では、やるぞ」

満を持して村重は兵を出した。

「手を貸してやる」

信長にも石山本願寺包囲という目的がある。信長は村重の軍勢に兵を足してくれた。

「賀嶋《かしま》城を攻める」

村重は織田の兵を加えて数千の兵を率い、伊丹忠親の籠もる賀嶋城を襲った。

賀嶋城は神崎川の中洲《なかす》に造られている。南北を川に挟まれたわずかな丘の上にあり、小さいわりには攻めるに難しい城であった。

「力押しにせよ」

村重は、兵の損耗を考えずに攻め立てた。

賀嶋城は伊丹城の支城である。大坂湾とつながる神崎川の水運を押さえ、ここを通じて伊丹城は石山本願寺と繋がっていた。賀嶋城を落とし、石山本願寺との連絡を断つことが、伊丹城の攻略のはじめであった。

「織田さまに、摂津の兵の強さを見せよ」

村重は先頭に立って、兵たちを鼓舞した。

織田の兵は弱い。織田の本国尾張の兵に至っては最弱という不名誉な評判まで付いている。その弱兵を率いて、信長は天下に手をかけるところまできた。

これは信長が勇将である証《あかし》であった。村重は、その信長の配下としては、まだ新参である。新参者はどうしても軽く扱われるし、もっとも最初に切り捨てられる。村重を捨てるには惜しいと思わせなければ、織田のなかで生き残り、さらに出世していくことはできなかった。

「押せ、押せ、押せ」

村重の気迫に、兵たちも応えた。

織田の兵が鉄炮を一斉射して退いた後を、矢のように摂津の兵が走った。

「無駄な抵抗をいたすな。槍を捨てて逃げるならば、後を追わぬ」

兵たちの先頭を切って村重が馬を駆けた。

「なんという轟音《ごうおん》ぞ」

「どれだけの数の鉄炮があるというのじゃ」

数十の鉄炮が作り出した雷鳴は、賀嶋城を驚かすに十分であった。

種子島《たねがしま》に鉄炮が伝来しておよそ三十年、鉄炮は驚くほどの早さで広まったが、それでも戦力として使用できるほど所蔵している大名はそういない。一発撃つごとに、銭が飛んでいくのだ。年貢だけにたよっている大名では、まともな運用など無理である。事実、賀嶋城にも鉄炮はあるが、数挺という有様で、撃ったところで、さしたる効果もなかった。

「鬼村重が攻めて来た」

そこへ籠城する兵士の数倍にあたる荒木勢が襲いかかったのだ。

「死にたくない」

「かなうものか」

真っ先に雑兵が逃げ出した。

「逃げるな。戦え。城に籠もって一日がんばれば、伊丹の本城から援軍が来る」

伊丹家の将が兵士を宥《なだ》めるが、それも次の一斉射の音で消し飛んだ。

「わあああ」

恐慌に陥った雑兵は、味方でも遠慮しない。もともと望んで戦場に来たわけではなく、徴用されただけである、敵とやり合い手柄を立てて出世をしたいわけでもない。端《はな》から命をかける覚悟などなかった。与えられていた槍で留めようとする将を突き刺し、そのまま槍を捨てて走り出した。

「ぐえっ」

同じように将が何人か突き殺された。

「仏敵、信長を殺せ」

混乱する城中だったが、雑兵のなかでも一向宗徒は別であった。

本願寺の指示で、伊丹に与していた一向宗徒たちは、死を怖れずに立ち向かった。

「退くは地獄、進めば極楽」

一向宗徒たちは、念仏のように唱えながら、戦った。

しかし、衆寡敵せずは真理である。討ち死にすれば、極楽浄土にいけると信じきって命をなくすことを怖れぬ一向宗徒とはいえ、数の暴力の前には潰れるしかなかった。

「大手門が破られましてございまする」

「おのれ、村重め」

家臣の報告に、伊丹忠親が歯がみをした。

「やむを得ぬ。城に火をかけよ。伊丹城まで下がる」

伊丹忠親が撤退を決意した。

「はっ」

家臣が走っていった。

敵に城を使わせないため、逃げる前に焼くのは常識であった。また、火災によって起こる煙や風が、逃走の手助けをしてくれる。

城中のあらゆるところに油が撒《ま》かれ、火が付けられた。

「逃げるぞ」

生き残っていた者たちを連れて、伊丹忠親が搦《から》め手口《てぐち》から落ちた。

「火を消せ」

伊丹忠親を追わず、村重は火事への対処を優先した。

「富光寺《ふっこうじ》への延焼をなんとしてでも防げ」

賀嶋城と同じ中洲の上に、真言宗の名刹《めいさつ》富光寺があった。

富光寺は、大化《たいか》の年号が制定されたころまでその歴史を遡《さかのぼ》るとされている。唐より空を飛んできた仙人が、賀嶋に一宇を建て、阿弥陀如来《あみだにょらい》を祀《まつ》ったのを起源とし、近隣はおろか、遠くからも参拝に来るほど崇敬が厚い。

またその境内には鎌倉《かまくら》幕府の執権北条時頼《ほうじょうときより》が参詣《さんけい》した香具波志《かぐはし》神社もある。この二つに戦災を及ぼすことは、村重の評判にかかわった。

「消し終えましてございまする」

中洲である。水には困らない。全軍を使っての消火活動は、功を奏した。富光寺、香具波志神社の両方に、火は届かずにすんだ。

「勝ちどきを挙げよ」

村重は勝利をあらためて宣言した。

「えいえいおう」

勝利した兵たちには、褒賞が出る。勝ちどきは大きなうねりとなって、中洲を揺るがした。

「よし、今度こそ伊丹城を奪う」

村重は決意を新たにした。

第五章

一

どれだけ難攻不落な城といえども、付け城を失えば弱い。

伊丹城と石山本願寺の中間に位置し、緊密な連絡を維持するために設けられた賀嶋城を村重は攻略した。

「一気に落とせ」

後背を織田家に守られた状況を利用した村重は、全力で賀嶋城を襲い、伊丹城からの援軍が来る前に落とした。

本城を守るために付け城はある。わずか三百や五百の兵しか詰めていないような小城でも、それを背後に放置して戦うことは難しい。大軍といえども、背後から急襲されれば、崩壊する。当然、攻城側は軍を分けなければならなくなる。本城と付け城の両方に兵を配すれば、それだけ圧力が弱まる。

付け城の価値は大きかった。

それだけに付け城を失えば、本城も弱くなる。まず、全軍を引き受けなければならなくなるという数の問題、次に付け城を落とされたことによる士気の低下であった。

兵は人である。当たり前だが、恐怖という感情を持っている。それを抑えこむのが士気であった。

この武将に付いていけば勝つ。そう思わせるだけで、兵は勇猛果敢に戦う。逆に、もう駄目だと思えば、背中を向けて逃げ出す。

名将とは、いかに兵の士気を高めるか、それを維持するかで決まるといっても過言ではなかった。

その点でいけば、伊丹親興は名将であった。

嫡男に預けるほど重要な付け城賀嶋城を失って、一年の間荒木村重の猛攻に耐え続けたのだ。だが、織田信長に対する最大の勢力である石山本願寺との連絡を断たれたのは大きく、矢玉、兵糧の補給に支障が出た。

士気の落ちかけた伊丹城をよく維持したが、織田方の兵が撃つ火縄銃の威力と、日々減っていく食料に、兵たちが保《も》たなかった。

「もうよかろう。武名は十分に鳴り響いたぞ」

天正二年（一五七四）十一月、村重は伊丹城へ軍使を派遣、伊丹親興に降伏を迫った。

「村重づれに……」

伊丹親興は苦悶《くもん》した。

もともと村重は、伊丹親興と同格であった池田家の家臣でしかなかった。それが主君である池田家を裏切って織田に付き、一気に台頭してきた。

「成り上がり、下克上《げこくじょう》の輩《やから》に屈するなど」

歯がみをして悔しがったところで、負けは覆らない。

「信長さまのご親征をいただくまでに、開城されよ。さもなくば根切りの目に遭うぞ」

なかなか決断しない伊丹親興に、村重は脅しをかけた。

根切りとは、伊丹城に籠《こ》もっている者を男女老若かかわりなく殺すことである。信長は比叡山を始め、あちらこちらで根切りをしていた。

「やむを得ぬ」

伊丹親興は開城を決断するしかなかった。

「信長さまへ報告を」

村重は、急ぎ信長のもとへ使者を立てた。信長は配下の独断を認めない。伊丹城攻めを村重に任せてはいるが、落城ではなく降伏となれば伺いを立てなければならなかった。落城ならば、なんの条件も付かない勝利であるが、開城となればなにかと譲らなければならないところもでる。兵の助命はもちろんのこと、将が落ちるのを認めるなど、いろいろな話が出てくる。それだけに、勝手に開城を認めたりしようものならば、信長の怒りを買う。

「伊丹親興は許さぬ。息子は放逐でよかろう」

帰ってきた返答は、峻烈《しゅんれつ》なものであった。

信長は、一度裏切った者に厳しい。最初から敵対していた者が降伏した場合は、そのまま家臣として組み入れることが多い。だが、一度頭を垂れた者が裏切った場合は厳しかった。

「やはりな」

村重は予想通りの返答に、かえって安心した。

「伊丹を残されては、摂津一国、いつ割れるかわからぬ」

己が成り上がりだと村重はわかっていた。村重の生まれは摂津だが、数代前は丹波にいたのだ。地の者というにも歴史は弱い。

表向き、村重は妻の実家である池田を名乗っている。これは、己がよそ者だとわかっているからである。

もし、信長が伊丹親興を許すようなことになれば、摂津の安定は望めないと村重は考えていた。伊丹はそれだけの力を摂津に持っていた。

「信長さまのご意向である」

村重は信長の名前を前面に押し出し、伊丹親興の自害を求めた。これも己が矢面に立ち、伊丹の一族から恨みを買うのを避けるためであった。

「力及ばなかった。信濃守、よく覚えておけ。儂《わし》はそなたに負けたのではない。織田どのの力に屈しただけじゃ」

伊丹親興が嫌みを口にして、腹を切った。

「きっと帰ってくるぞ」

父の死を見届けた息子忠親が、側近たちを連れて城を去っていった。

「やっと終わった。これで摂津は儂のものだ」

村重が伊丹の城へと足を進めた。

伊丹城を手にした村重は、ただちに居城を池田から移した。

「摂津守護にふさわしい城にする」

村重は城の拡張を始めた。

「城のなかに町を取りこめば、職人や商人が籠城《ろうじょう》の助けになる」

籠城でなにが困るかといえば、物資の不足であった。最たるものが兵糧であるが、武具の不足も大きな問題であった。矢は放てばなくなる。槍《やり》や刀は戦えば折れる。それらを補給できなければ、戦は続けられなかった。

村重は、籠城の経験はない。が、城攻めは何度もしている。籠城の弱点を知っていればこそ、攻略できるのだ。それを逆手に取れば、難攻不落の城になる。

村重の考えを取り入れた伊丹城は、周辺の町屋も取りこんだ惣構《そうがま》えという珍しいものになった。

もっとも、村重は城造りに専念できなかった。

「兵を出せ」

石山本願寺の反抗が始まったことで、信長から動員を命じられた。

天正二年（一五七四）四月、村重に追放された池田勝正、三好の一族十河一行《そごうかずゆき》らに雑賀衆が加わった軍勢が堀城を攻め、信長方の細川右京大夫昭元を追った。勢いを得た本願寺勢に、河内の守護代で高屋《たかや》城主の遊佐河内守信教《ゆさかわちのかみのぶのり》も信長から離れた。

「潰《つぶ》せ」

信長は、配下の勇将柴田勝家を主将に、筒井順慶、細川藤孝、明智光秀に軍勢を派遣するように命じた。その一人に村重が選ばれたのだ。

「摂津の守護をくれてやったのだ。そのぶん、励め」

この一カ月前、信長は村重に摂津守護職を与えていた。すでに信長によって足利将軍義昭は放逐され、幕府は崩れている。摂津守護職といっても、幕府に任じられた正式なものではないが、その名前は大きい。摂津守護となった村重に逆らうことは、信長に敵対すると同義となった。これで伊丹の残党もおとなしくするしかなくなった。

「急げ、信長さまのご機嫌を損ねてはならぬ」

村重が気合いを入れた。

「伊丹を落とせたご恩を返すのはいまぞ」

村重は出せるだけの兵を揃《そろ》えた。

ことが始まって十日、柴田勝家率いる攻略軍は馬揃えを終えて、石山本願寺と高屋城の両方に襲いかかった。

村重は石山本願寺の勢力下にある住吉を焼き討ち、そのまま織田方の本陣となった玉造に合流した。

玉造は石山本願寺と同じ、上町台地の東端にある小高い丘である。そこにある玉造神社が、本陣として使われた。

「上様はお出でにならぬ」

信長の出陣はないと本陣に着いた村重は報《しら》された。

「無理はいたすな。上様のおられぬところで手柄を立てても意味がない」

村重は率いてきた軍勢に、先駆けなどを禁じた。

石山本願寺は、堅固な城郭同然であった。伊丹城の規模をはるかにこえる惣構えを持つ。もちろん、支城、出城、砦《とりで》を完備しており、数万ていどの軍勢では落とすことはできなかった。

河内にある高屋城も本願寺との連結を密にし、なまじの攻撃ではゆるぎもしなかった。

「囲むだけに留めておくが、たまに矢玉を射かけるくらいのことはせよ」

池田氏から三好と主家を変えた村重は、信長の許しを得て織田の直臣へと籍を移したばかりである。家中の目は厳しい。まったく戦意のない姿を見せては、讒言《ざんげん》されかねなかった。

かといって無理攻めをして、大きな被害を出せば、まだ完全に支配したとはいえない摂津で地侍の一揆《いっき》が起こる。

村重は慎重に動くしかなかった。

集まった軍勢のなかで戦意あるのは、柴田勝家の軍だけであった。

高屋城の付け城を攻めたり、本願寺の出城を落としたりと活躍したが、本願寺の信徒勢が出てくると退かざるをえず、どうしても戦果をあげられなかった。

「よし、今度こそ本願寺を」

越前と長島の一向一揆を殲滅《せんめつ》した信長は、その勢いをかって石山本願寺へと馬を進めた。

「一年、なにをしていた」

さしたる成果もなかった柴田勝家らを叱《しか》った信長は、自ら軍配を握った。

「上様の御前である。名を挙げるのは今ぞ」

織田方の兵たちの士気が一気にあがった。

高屋城を攻めた織田勢の勢いに、三好康長の兵はたちまち押され、城へ逃げこんだ。

「見張っておけ」

無理攻めをせず、信長は兵を残して高屋城を閉じこめ、大軍を率いて石山本願寺の南、住吉へ向かった。

住吉は、海運の神を祀《まつ》る住吉大社がある。海へも近く、石山本願寺へ兵や矢玉、兵糧を運びこむ水軍の見張りにも適していた。

「刈り田をいたせ」

信長は石山本願寺のお膝元《ひざもと》といえる天王寺村の田畑に足軽を入れ、まだ青々としていた稲を刈り取らせた。これは、敵の収穫を奪うとともに、相手を挑発し、城から兵を出させ、決戦に持ちこむ策でもあった。が、苦労して植えた稲を稔《みの》りの前に潰された百姓たちの怒りを買う行為でもあり、勝ったとしても後の治世に大きな傷を残す。

「出てこぬか」

鉄炮《てっぽう》を多数用意した信長の前に石山本願寺は籠城を選び、目の前でおこなわれている暴挙を無視した。

「一度さがる」

いつまでも相手の懐近くに在するのは危険である。信長は軍勢を下げた。

「村重」

「はっ」

呼び出された村重は、信長の前に片膝を突いた。

「摂津は、そちに任せる。堀城を落とせ」

「承りましてございまする」

村重は信長の指示に従った。

堀城は、高屋城と南北の差はあるが、石山本願寺の東を守る要害であった。堀城は、信長の妹婿である細川昭元の所領であった。信長と足利義昭が手を組んでいたときに、明け渡され、現在は義昭の糾合に応じた阿波三好の十河一行と香西長信《こうざいながのぶ》らが籠もっていた。

「一気に潰すぞ」

村重は堀城を襲った。

摂津の東、中津川のほとりに建てられた南北八十間（約百四十四メートル）、東西八十五間（約百五十三メートル）の小城である。

「北東が弱点である」

城は真四角ではなく、中津川の堤防の関係で北東の角が斜めに欠けている。そこに村重は兵を集中した。

「押せ」

三千をこえる兵で、数百しかこもっていない堀城を攻める。また、籠城を決めた石山本願寺の援軍もなく、衆寡敵せず堀城は落ちた。十河一行は討ち死に、香西長信は傷を負って捕縛された。

「首を打て」

捕縛された香西長信を処刑した信長は、軍勢を南へと動かした。

「次はここか」

高屋城の三好康長は愕然《がくぜん》となった。

河内の高屋城よりはるかに近い堀城へ石山本願寺の助力がなかったのだ。高屋城が攻められても、石山本願寺の手助けは望めない。

「お許しくださいませ」

三好康長は、室町幕府の奉公人だった松井友閑《まついゆうかん》を通じて信長に降伏を申し出た。

「これを……」

所有していた三日月の葉茶壺《はちゃつぼ》という天下の名物を献上した。

「今回のみ許す」

信長は差し出された三日月の葉茶壺を喜んで受け取り、三好康長を配下に加えた。

「高屋城を廃せよ」

すでに織田の攻撃で相当な傷を受けていた高屋城を、信長は修復せずに壊した。

「これで石山本願寺は終わった」

勝ちどきを挙げさせた信長は、続いて石山本願寺攻めを宣言した。

「武田が、三河へ侵入」

だが、信長のもとへ徳川家康から急報が届いた。

「こわっぱが。おとなしくしておれば、今少し生きながらえたものを」

信長が武田勝頼《かつより》を罵《ののし》った。すでに信長の養女は死亡している。もう、織田と武田は親戚《しんせき》でもなんでもなかった。

「直政《なおまさ》、石山本願寺を任せる。砦を築き、閉じこめておけ。武田を滅ぼしたあとすぐに戻ってくる。摂津と河内、丹波の者どもを配下に使え」

「はっ」

石山本願寺攻めの主将に命じられた塙備中守《ばんびっちゅうのかみ》直政が受けた。

「あと大和も支配せい」

塙直政は、尾張以来の家臣である。昨年南山城半国の守護を任されていたが、今回大和一国の守護も預けられた。寺社の強い面倒な地を与えられるだけに、武勇だけでなく治政でも優れていた。また妹の直子を信長の側室に差し出しており、信頼も厚かった。

「備中守どのか。どうなさるかの」

去っていく信長の背中を見ながら、村重は呟《つぶや》いた。

二

三河長篠《ながしの》城は、奥平貞昌《おくだいらさだまさ》に預けられていた。奥平は徳川に属していたが、武田信玄の東上侵攻を受けて降伏していた。その奥平が、信玄の死去を知って、ふたたび徳川へと旗を変えた。

「変節者め。武田を裏切った者の末路を天下に示す」

激怒した武田勝頼は二万と号する大軍をもって、長篠城へ攻め寄せた。

切り立った崖《がけ》の上に立つ長篠城は難攻不落で鳴らしている。だが、奥平の兵は数百しかおらず、大軍を支えるには心許《こころもと》ない。

「援軍を」

奥平貞昌は、家臣鳥居強右衛門《すねえもん》を使者として徳川家康に援軍を願い、これを受けた家康が信長へ増援を求めた。

「今度こそ、武田を滅ぼす」

信長は三万の大軍に三千挺《ちょう》もの鉄炮を擁して三河へ進軍した。

高屋城の戦いから十日ほどしか経《た》っていない五月十九日、織田と徳川の連合軍と武田軍が長篠で激突した。

戦いはわずか半日で趨勢《すうせい》を決し、鉄炮の大量投入によって武田軍はほぼ壊滅した。

「我が方、勝てり」

報告はすぐに京へもたらされた。

「武田が負けた……」

足利義昭を京から放逐した信長への反発を秘めていた公家たちも、織田家の実力に愕然《がくぜん》とした。

「よし、石山本願寺への圧を強くするぞ」

塙直政が、石山本願寺の砦などに攻撃を仕掛けた。

「遅れるな」

村重も軍を進め、石山本願寺方の砦をいくつか落とした。

武田を敗北させた影響は、畿内《きない》にも大きく響いた。

「和睦《わぼく》を」

ついに石山本願寺は、信長の前に講和を願った。

名画三軸を差し出した石山本願寺と信長は交渉に入った。どちらも今、決戦をするには利がないと判断したのだ。

石山本願寺としては、長篠の戦いに敗れ、多くの将兵を失ったとはいえ、武田はまだある。父信玄に優るとも劣らない武勇を誇る勝頼の復活のときを待つ意味があり、信長にとっては、石山本願寺を後援する連中を一つずつ潰しておきたいとの事情があった。

互いの事情を鑑《かんが》みての和睦は、天正三年（一五七五）の十月になされた。どちらも相手のやることを非難せず、阻害しないとの起請文であったが、誰も信用していなかった。

「一年保つまいな」

軍を引いて、伊丹に戻った村重は、この和睦の寿命が短いと確信していた。

村重の予想よりも早く、和睦は四カ月で潰れた。

京を追放され、備後の鞆に逃げていた足利義昭が、中国の雄、毛利を口説き落としたのだ。

「毛利が織田の敵に回った」

畿内よりも西の諸将に衝撃が走った。

「毛利が動けば、織田とて無事ではすむまい」

とくに毛利の力をよく知る播磨の諸将の動揺は大きかった。

信長は、天下を統一すべく、京より西にも手を伸ばしていた。山陽道を羽柴筑前守秀吉に、山陰道を明智日向守光秀に攻略させていた。

ともに信長の武将のなかでは新参で実力でのし上がってきた二人だったが、それでも西への攻略は困難を極めていた。

とくに明智光秀が苦労していた。京の西北にある丹波へ軍を進めた光秀も当初は順調であった。荒木村重の本家筋に当たる丹波の大名波多野家を下し、勢力に組み入れて、丹波、但馬《たじま》平定は順調に見えた。しかし、天正三年の一月、不意に波多野《はたの》秀治《ひではる》が叛旗を翻し、明智勢を襲い、丹波から駆逐した。

「波多野、許さず」

報せを聞いた信長は激怒したが、そのわずか三カ月後に、石山本願寺が摂津と河内で兵を興した。とても、両方を相手にできず、信長は波多野攻めを後回しにせざるを得なかった。そこへ石山本願寺との和睦である。ただちに光秀は、信長の命に従い、波多野秀治の籠もる八上城を攻めた。

一方の秀吉もまだましながら苦労していた。秀吉は播磨の小名、赤松、小寺、別所をうまく勧誘し、播磨一国を押さえたように見えたが、赤松、小寺、別所の間には、長年の確執があり、なかなか一軍として運用できなかった。また、成り上がりの織田に反発する国人領主も多く、なかには備前の浦上宗景《うらがみむねかげ》や毛利を引き入れて、信長に与《くみ》した小名の領地に攻め入る者もいて、攻略は停滞していた。

そこに毛利が織田と対立したとの報せである。

たちまち騒動は拡《ひろ》がった。

すでに敵対している丹波、但馬はもとより、一応織田に染まったはずの播磨まで不穏な状態になった。

伊丹城下の整備に専念したかった村重も、こうなれば出撃しなければならなくなる。

「塙備中守の指示に従え」

信長の命は、石山本願寺への備えをしろとのことであった。

「またでございまするか」

「休む間もござらぬ」

連続する出撃に、家中から不満が出た。

そもそも信長が台頭してくるまで、戦といえば、農閑期におこなうものであり、せいぜい年に二回であった。いや、二度もあれば多かった。

なにせどこの大名も家臣は抱えていても、戦場の主力となる足軽をいつも雇っているわけではなかった。多少は禄を与えて使っていたが、そのほとんどは領地の農村から徴兵した。百姓、それも戦場で使える若い男を徴発するのだ。田植えや稲刈りなどの繁忙期に戦をしては、農村から人手が消え、収穫に影響が出る。また、そんな時期に徴兵すれば、百姓たちの不満もたまり、一揆を起こされてしまう。

結果、戦国乱世とはいえ、戦は秋の刈り入れが終わってからか、夏の田植えを終えてからのどちらかでなければできなかった。

それを信長が変えた。

信長は、足軽まで専門の兵として禄を与えることで、いつでも思う時期に軍を興せるようにしたのだ。当然のことながら、信長の配下となった村重も、そのやり方に従わざるをえない。

とはいえ、軍を編成するには、手間がかかる。武具や兵糧の用意、留守中の手配と雑事も多い。まだ信長の配下となって浅い村重の家中は、なれない連戦に疲れていた。

「費用が」

なかでも頭が痛いのは、金であった。

戦に要るものは、まず人である。兵と将がいなければ、どれほど銘刀や良槍《りょうそう》があっても戦えない。次が武器であった。素手で殴り合うだけでも戦いはできるが、相手も同じく素手で来てくれるとは限らない。予備を含めて相当数の武器が必須《ひっす》であった。その次が鎧《よろい》などの防具であり、最後に行軍あるいは籠城を支える兵糧である。人、武器、防具、兵糧。どれをとっても準備に金がかかった。とくに稔りの秋を迎える前の戦は厳しかった。米の値段が高騰するのだ。

もともと織田と石山本願寺の戦いが長引いたおかげで、摂津、河内、和泉、紀伊、大和、播磨、丹波の諸国は荒らされ、普段通りの収穫は得られていなかった。また、少しでも敵方の勢力を削ぐため、近隣の米を高値で買いあさるなどもやり合った。

この結果、畿内の米はまさに天井知らずの値段になっていた。

「相手が石山本願寺では、手柄も望めぬ」

配下の部将がこぼした。

石山本願寺は手強い。なにせ、兵となった信徒たちが、「退くは地獄、進めば極楽」と書いた筵《むしろ》旗《ばた》を掲げて、出てくるのだ。

「死ねば極楽に行ける。この辛《つら》い現世から解放される」

武士によって搾取されるだけの百姓にとって、生きている現実が地獄なのだ。その地獄から離れ、極楽へ行けると僧侶《そうりょ》が保証したうえ、憎い武士に刃を向けられる。端《はな》から生きて帰ろうと考えていない。吾《わ》が命を惜しめばこそ、死への恐怖も傷を受ける痛みもある。死にたい者にとって、腕の一本、足の一本失ってもどうということはないのだ。

だが、武士は違う。手柄を立て、褒賞をもらうために戦っているのだ。生きて帰らなければ、褒賞の意味はなくなる武士は命が惜しい。

武術の腕、手にしている武器の差など、この生死観の前には、意味がなかった。次に、どれだけ一揆の衆を倒しても手柄にはならないのも影響していた。なにせ、相手は百姓でしかない。名のある武家を討ってこその手柄には、なりえなかった。

それに石山本願寺を落としたところで、褒賞は苦労したほどもらえないからであった。

石山本願寺の収入は領地ではなく、全国の信徒からの寄付である。石山本願寺を倒したからといって、この寄付を織田がもらえるわけではない。収入となるのは、せいぜい石山本願寺の周囲の土地と、大坂湾の交易にかんする権利くらいである。とても分配できるものではなかった。

金がかかるうえに褒美が少なく、命の危険だけは大きい。

こんな戦で士気が上がるはずはなかった。

「今少しの辛抱じゃ。石山本願寺が落ちれば、しばらく戦はなくなろう。さすれば、落ち着いて領土の整備もできる」

村重は配下の不満を宥《なだ》めるしかなかった。


「毛利の軍船、大坂湾に出現。石山本願寺に兵糧を運びいれておりまする」

石山本願寺の弱点は、信徒を大量に抱えていることであった。人が増えれば米の消費も増える。しかし、石山本願寺は織田方の兵に囲まれており、思うような補給ができない。それを毛利が持ちこんでくれたのだ。石山本願寺の気勢が上がったのも当然であった。

「仏敵、織田を滅する」

顕如《けんにょ》が、畿内の信徒五万に指示を出した。

「ただちに参陣されたし」

塙備中守の応召があった。

「承った」

数千の兵を率いて、村重は本陣へ向かった。

「上様がお出でになる前に、石山本願寺を落とさねばならぬ」

塙備中守が、諸将を前に興奮していた。

信長によって、一国半の守護職という家中に並ぶ者のない大身に引きあげられた塙備中守である。見合うだけの手柄を上げなければならなかった。

将軍足利義昭が京から追放され、武田家が織田家に惨敗した今、残る敵でもっとも強いのは石山本願寺である。たしかに、敵に回った毛利も強大だが、織田と雌雄《しゆう》を決するには遠すぎて、相対するのはまだまだ先である。目先に転がっている手柄は石山本願寺であり、その攻略軍を任された塙備中守にとって今以上の立身を得られる好機であった。

「長島一向一揆と同様、根絶やしにする」

織田軍は石山本願寺へ猛攻撃を開始した。

「野田に砦を築き、石山本願寺と毛利の連絡を断て」

四月、安土《あづち》の信長から村重に命が届いた。

野田は摂津尼崎から淀川へと向かう湿地である。大坂湾と淀川の水運を見張ることができる要衝の地であった。

「急げ、急げ」

村重は人足を急かした。砦の造作が遅れて、毛利からの援軍が石山本願寺に入ろうものならば、信長から激しい叱責《しっせき》を受けるのは確実である。下手をすれば、ようやく手にした摂津を取りあげられ、戦況厳しい播磨か丹波へ行かされることになりかねなかった。

「よく見張れ」

村重は三つの砦を築き、それぞれに数百の兵を入れて、石山本願寺の水利を一つ奪った。

「このまま攻めるぞ」

しかし、相手は野戦を挑んでこなかった。ひたすら石山本願寺、砦、支城に籠もり、そこから矢玉で応じてきた。

「雑賀衆め」

塙備中守が吐き捨てた。

石山本願寺には、鉄炮巧者の集まりである雑賀衆が入っていた。五十間（約九十メートル）先の針に当てるとまでいわれた腕で、近づく織田方の将を狙《ねら》い撃つ。将を射抜かれた兵たちは、たちまち怖じ気づき、背を向けて逃げ出していく。織田方は石山本願寺を攻めあぐねた。

「ええい、ふがいなし。上様に見せられず」

塙備中守が憤慨した。

「上様、安土を進発。四日には京へ入られる」

伝令が塙備中守のもとへ信長の出陣を報せた。

「見ておれ」

塙備中守が、気合いを入れた。

結果を出せば、出自など関係なく抜擢《ばってき》するのが信長である。だが、ぎゃくにあるていどの地位にありながら、結果を出さない者には、非常に厳しかった。

大和一国、山城半国を預けられ、さらに摂津衆の旗頭まで任された塙備中守である。手柄がないなど許されるはずはなかった。

五月三日、夜明けとともに織田方は、天王寺砦を出発した。

石山本願寺と毛利の連携を断つには、水利を押さえねばならない。織田信長の命を受けて塙備中守は、大坂湾と石山本願寺を繋《つな》ぐ木津砦へ総攻撃をかけた。

「先陣の誉《ほま》れ、ここにあり」

三好康長が、河内、和泉の兵を率いて木津砦へ襲いかかった。

「かかったな」

淀川に面した楼の砦から、石山本願寺勢が織田方の背中を襲った。

楼の砦は、木津砦よりも上流にある。石山本願寺と淀川を挟んだだけで近く、天王寺砦から木津砦を目指した軍勢の右を狙う好位置にあった。

石山本願寺は織田方の動きを読み、一万近い軍勢を深夜のうちに楼の砦に移動させていた。

「放て」

そのなかに雑賀衆がいた。数千挺《ちょう》の鉄炮が一斉に火を噴いた。

「ぎゃっ」

たちまち織田方の兵たちが倒れた。

「馬鹿な」

罠《わな》にはまった三好康長が呆然《ぼうぜん》とした。

「前へ出よ。雑賀衆を討て」

三好康長の先陣に続いていた塙備中守は、指揮下にあった大和、山城の兵を雑賀衆へと向かわせた。

「ござんなれ」

雑賀衆を守るために、衆徒たちが壁になった。

「進めば極楽、退くは地獄」

声を合わせながら、本願寺衆徒たちが塙備中守麾下《きか》の兵を留めた。

「くそっ。百姓ごときに手間取るな。雑賀衆を」

塙備中守が、兵たちを鼓舞するために前へ出た。

「あの兜は名のある武将と見た」

次発の装塡《そうてん》を終えた雑賀衆の頭《かしら》、鈴木孫一が鉄炮を構えた。

「喰らえ」

鈴木孫一が引き金を落とした。

なまじ近づいたのが徒《あだ》になった。塙備中守の防具は、多少の流れ弾なら通さないだけの南蛮鎧《なんばんよろい》だったが、威力が減衰せずに飛来した弾を止められなかった。

「む、無念」

塙備中守が討ち死にした。

主将を失っては士気が保てない。楼の砦へ迫っていた大和と山城の兵が敗走した。

「退け、退け」

こうなってはどうしようもない。三好康長が逃げ出した。

「追い討て」

木津砦、楼の砦から出た石山本願寺勢が、背を見せる織田の兵を追撃した。

「今度はこちらから攻める」

石山本願寺勢が万をこえる兵で天王寺砦へ攻め寄せた。

「くっ。守り抜け」

天王寺砦に籠もっていた明智光秀、佐久間信栄《のぶひで》たちは防衛に努めたが、勢いに乗っている石山本願寺勢の攻撃は厳しかった。

「上様に増援を」

明智光秀は、京にいる信長のもとへ援軍をと願った。

「備中守どのが討ち死にしただと」

敗戦の報は、ただちに村重のもとへもたらされた。

「いかがいたしましょう」

「むうう」

少しの間、村重は思案した。

一万からの兵を出したとはいえ、石山本願寺にはまだ四万近い兵がいる。三千ほどの村重では、とても援軍として木津砦へ向かうわけにはいかなかった。

しかし、勝手に伊丹城へ戻ることは許されていなかった。信長の指示なしでの撤退は、あとで厳しい咎《とが》めを受ける。譜代の臣でさえ罰せられるのだ。新参の村重がどのような目に遭わされるかわからなかった。

「兵をまとめよ。木津砦からの攻撃に備える。三日もあれば、上様の軍勢が来る。それまで野田砦を囲む。ただし、こちらからは仕掛けるな。敵が出てきても撃退するだけに留め、決して追うな」

村重は現状維持を命じた。

「雑賀衆は面倒な」

一人になった村重は険しい表情を浮かべた。

紀州の北端を根城とする雑賀衆は、紀州守護の畠山家の支配下にあった。しかし、畠山家が没落すると、三好三人衆に与したり、織田方についたりと雇われ兵のような状況となり、ときには雑賀衆同士が戦ったこともあった。

しかし、石山本願寺が対織田信長になると雑賀衆は一つになって、その下についた。

「面倒な相手だ」

村重は雑賀衆の力をよく知っていた。

織田の鉄炮衆も嫌な相手だが、雑賀衆はよりやっかいであった。

信長の創りあげた鉄炮衆は、数による戦場制圧であった。数千挺もの鉄炮を一斉射撃し、数の暴力で相手を制する。

対して雑賀衆は、数も多いが、それよりも質に重きを置いていた。そう、雑賀衆は狙撃《そげき》を得手としていた。雑賀衆は戦場で目立つ敵を、遠くから撃ち落とす。武士が旗印を背中に付けたり、派手な兜《かぶと》の前立てを付けるのは、己の姿を際立たせ、戦場に埋没してしまわないためである。目立つことで己の手柄を、そこにいる者すべてに訴える。名のある武将ほど、戦場で目立つのだ。それを雑賀衆は遠いところから鉄炮で狙い撃つ。

功名をあげたい武将たちにとって、雑賀衆は天敵と言えた。

「上様のお怒りが怖《おそ》ろしいわ」

村重は嘆息した。

「天王寺砦が落ちては、石山本願寺を図に乗らせる」

信長は身の回りの兵を百ほど率いて河内若江岩田城へと入った。

「兵を出せ」

信長は摂津、大和、播磨、丹波など近隣諸国に動員を命じた。村重もそれに応じて、若江岩田城へと入った。とはいえ、野田砦を攻略中で引き連れてきたのは、数百でしかなかった。

「いきなりは……」

さすがに一日、二日で軍勢がそろうはずもない。

「なにをしている」

信長が陣立ての遅さに苛立《いらだ》った。

「備中の愚か者が……坊主ごときの策略さえ見抜けぬとは。重用してやったにもかかわらず、ふがいない」

敗戦の責任を信長は討ち死にした塙備中守に押しつけた。

「広大な領地を預けてやったというに……取り上げじゃ」

信長の怒りは遺族にも向いた。

「…………」

誰もが信長になにも言えなくなっていた。

「他の者もそうだ。どうせ死ぬならば、雑賀の一人も討っておかぬか。役立たずどもが」

信長は塙備中守だけでなく、塙安弘、蓑浦無右衛門《みのうらぶえもん》、丹羽小四郎らやはり討ち取られた部将たちも罵った。

「………」

村重は黙って聞いていた。

「これ以上はもちませぬ」

泣くような報せが信長のもとへ毎日のように届いた。

「出る」

ついに信長は、集まっていた三千の兵で二万に近い石山本願寺勢へと戦を仕掛けた。

「村重、そなた先陣せよ」

信長が村重に命じた。

「武門の誉れ極まるところでございますが、わたくしは木津砦、野田砦の押さえに兵を残しております。今から呼び寄せては間に合いませぬ。そこでわたくしは両砦の相手をいたしたく存じまする。天王寺砦を救援に向かった背後を突かれるわけには参りませぬ」

軍勢を残してきたことを理由に、村重は断った。

「……むっ」

一瞬、信長の眉間《みけん》に深い皺《しわ》が入った。

「わかった。行け。その代わり、木津砦から一兵たりとても出すな」

「承知」

村重は兵たちを連れて、信長の軍勢から分かれた。

「父上、よろしかったのでございまするか。上様のご指示をお断りになられましたが」

馬を並べてきた息子新五郎村次が、懸念を表した。

新五郎村次は、明智光秀の娘を妻に迎え、信長の覚えもめでたい武将である。伊丹の支城の一つ、大物城の城主をしていた。

「三千で確実に一万五千をこえる衆徒にぶつかる先陣だぞ。無事にすむはずなかろうが」

「ですが、その後の褒賞は大きゅうございましょう」

村次が反論した。

「褒賞は大きくとも、一度の失策で取りあげられては……な」

村重が小さく首を振った。

天王寺砦を囲んでいた本願寺勢に、信長は突撃した。不意に襲いかかった信長の勢いに、背中をやられた本願寺勢は狼狽《ろうばい》、天王寺砦の明智光秀らとの合流を許してしまった。

「追い返す」

味方の士気が上がったところで、信長は再度寡勢で本願寺勢に挑み、これを撃退した。

「御仏も勝てぬというか」

村重は信長の強さに息を呑んだ。

「城を増やせ」

本願寺だけにかまっている暇はない。信長は佐久間信盛を塙備中守の後任として、大坂を離れた。

信長は、石山本願寺への兵糧攻めを指示した。すでに長島、越前など多くの一向宗徒が織田によって殲滅され、石山本願寺への兵糧援助は少なくなっていた。それをより強めようと、信長は石山本願寺を囲むように城を造らせた。

「有岡城の完成を急げ」

村重は居城の完成を急いだ。

伊丹は、信長に叛旗を翻した丹波の波多野秀治が石山本願寺を援助するための経路にある。丹波と石山本願寺が緊密に連絡を取るようになれば、信長の計画に大きな齟《そ》齬《ご》が出かねなかった。信長も有岡城拡張を強く進めさせた。

「このままでは……」

石山本願寺には数万の信徒と職人、農民などが生活している。物流を止められて、たちまち石山本願寺は食料の不足に陥った。

石山本願寺は、毛利に泣きつき、それに応じた毛利が瀬戸内の水軍を使って兵糧を大坂に輸送した。

「させるな」

信長は、織田の水軍を総動員して、これを迎え撃った。が、設立して歴史も浅く、実戦経験も少ない織田水軍は、村上を中心とする毛利水軍に蹂躙《じゅうりん》され、壊滅してしまった。

「石山に兵糧が入った」

一回の輸送で運べる兵糧はさほど多くないが、閉ざされていた兵糧確保の手段ができたことで、石山本願寺の士気は回復した。

「水軍では、勝負にならぬな」

息子村次の居城大物城のある尼崎は、大坂湾に近い。村重は、そこで織田水軍の弱さを見た。

「毛利を攻めたとき、海から水軍で攻められたら……」

村重は、ぞっとした。

数千の兵とはいかないが、水軍を使えば千くらいの兵なら上陸させられる。毛利の本軍と対峙《たいじ》している最中に、背後へ兵を送られれば、挟み撃ちになる。

「水軍を立て直すまでに、雑賀を討つ」

壊滅した水軍の再建を志摩《しま》海賊出身の九鬼嘉隆《くきよしたか》に命じた信長は、石山本願寺の主力となった雑賀衆を先に潰すことにした。

三

信長はまず雑賀衆の中心となっている雑賀庄の領主土橋家と十ヶ郷を治める鈴木家を除いた残り三家への調略《ちょうりゃく》を開始した。

「本領安堵《ほんりょうあんど》。石山本願寺を滅ぼした後は、恩賞のぞみのまま」

好条件を持ち出した信長に、三家が落ちた。

「いざ、まつろわぬ雑賀衆を滅す」

雑賀攻めを宣言した。当然、村重も動員された。

「今度は紀州か……」

信長は五万をこえる大軍をもって、雑賀攻めを宣言した。当然、村重も動員された。

「石山本願寺の逆襲もあり得る。あまり多くの兵は出せぬ」

村重は二千ほどの兵を連れて、紀州へと進んだ。

信長は大軍をもって、和泉《いずみ》の願泉寺を始めとする一向宗を攻め、寺内町を灰燼《かいじん》に帰した。さらにそのまま紀州へと兵を進めた。

「山手と浜手から攻め立てる」

信長は軍勢を二つに分けた。村重は佐久間信盛、羽柴秀吉らとともに山手に配された。

浜手勢は、滝川一益《たきがわかずます》、明智光秀、細川藤孝らが、さらに分かれた筒井順慶と大和勢が少し大回りしながら淡輪口《たんのわぐち》から紀州へ入った。

山手勢は寝返った雑賀三郷の者を案内人に、紀ノ川を遡《さかのぼ》るようにして雑賀衆の籠もる中野城へと襲いかかった。

織田方の猛攻で燃え上がる紀州の煙は、石山本願寺からでも見えた。

「そのほうの儀、千万心許なく候。ことのほか煙り見え候間、気遣い極まりなき候。……仏法破滅候ことあるまじく候。よろず一味同心に申し合わせ、法敵を平らげ、いよいよ雑賀の名誉たるべし」

顕如が石山本願寺の僧侶を集めて、怨敵《おんてき》退散の祈願をおこなったほどの猛攻であった。

だが、味方の裏切り、大軍の侵攻に、雑賀の鈴木孫一らはよく抵抗したが、衆寡敵せず、一カ月少しで降伏した。

「今後は大坂に出るな」

信長は鈴木孫一らの降伏を認めた。

しかし、鈴木孫一らは半年経たずして、叛旗を翻した。信長の寄騎となっていた大和信貴山城主松永久秀が、信長の留守を狙って離反、居城に籠もった。

これを好機と捉えた鈴木孫一は、最初に信長に寝返った三家を攻め、敗退させた。

「おのれ、孫一。今度は許さぬ」

ただちに信長は佐久間信盛に命じて七万の大軍を送り、鈴木孫一らの館《やかた》を攻めさせたが、地の利と鉄炮の技に秀でた雑賀衆を攻めあぐね、一度兵を引かざるを得なくなった。

「また負けたな」

石山本願寺との合戦が激しくなることで、織田の兵と共闘する機会の増えた村重は、その弱さにあきれていた。

「もう少し踏ん張れぬものか」

雑賀衆のうち、織田に抵抗しているのは鈴木孫一や土橋若大夫らが率いる二千ほどしかいない。あとは、それに与する紀州の地侍が数百ほどである。七万対多めに見積もって三千。端から勝負にならないはずの差であった。

それが、かなりの被害を出しながら、翻弄されるだけで結果が出ない。

「押せっ。相手は少数だ。鉄炮など怖れるに足りぬ」

佐久間信盛が、無闇《むやみ》に軍勢を前に出す。

「……くっ」

すでに先陣、後詰めなどの陣形はなくなっていた。味方をやられた兵たちが激高したり、相手の挑発に乗って深追いするなど、数の優位を使うどころではなくなった。

「落ち着け」

村重は己の兵を宥《なだ》めようとした。しかし、頭に血が上ってしまった兵たちの抑えはきかなくなっていた。

「ぎゃっ」

「治太夫《じたゆう》」

村重の前で、配下の将がのけぞった。

「わああ」

また一人倒れた。

「くそっ」

村重は唇の端を噛んだ。

普通の戦では、経験の浅い者、場の流れを読めない者から死んでいった。しかし、この雑賀衆との戦いでは、勇猛果敢な者から撃ち抜かれていた。

「退けっ」

これ以上の被害は容認できなかった。村重は引《ひ》き鉦《がね》を鳴らさせた。

結果、織田軍は撤退せざるを得なくなった。

「やむを得ぬ。まずは、松永弾正からじゃ」

信長は雑賀攻めを中止し、周囲に城を配して閉じこめるだけにした。

「上杉が動く。これで織田は終わる」

松永弾正忠久秀の思惑は、大いにはずれた。

加賀の一向一揆と手を結んだ上杉謙信は、織田の領地である越前への野心を見せていたが、すでに季節は秋、雪深い越後から長期の遠征は難しい。

「平蜘蛛《ひらぐも》の茶釜《ちゃがま》を差し出せば、許してやる」

信貴山城を包囲した信長は、松永久秀に降伏を促した。

「三度目だというに、上様は弾正をお許しになるのか」

裏切りには厳しい信長が、なぜ松永久秀だけを重用するのかと織田の陣営は驚愕した。

「弾正はまだ使える。使える者を捨てるなど」

信長は松永久秀を買っていた。

松永久秀は武人としての功績もあるが、それ以上に知識人として知られていた。天守閣、壁の銃眼を開けたのも、松永久秀が最初であった。

「権威を気にせぬ。仏がなんの役にも立たぬと知っている」

信長が松永久秀を称賛した。

「上様と同類……」

話を聞いた村重は納得した。

信長ほど仏教を嫌った武将はいなかった。

武田信玄も剃髪《ていはつ》して形だけとはいえ仏門に入った。上杉謙信にいたっては毘沙門天《びしゃもんてん》に帰依《きえ》して、その化身と称している。

対して信長は神仏を頼らなかった。石山本願寺を敵にして、一向宗徒を皆殺しにしてきた。一向宗だけではない。比叡山延暦寺を焼き討ち、真言宗高野山にも矢銭を要求するなど、仏への尊敬は一切ない。

そして松永久秀も大和国を手に入れる途中、敵対した東大寺を攻め、大仏殿を燃やした。

「石山本願寺を攻めるのに遠慮がない」

村重は信長が松永久秀を許して、どう使うかを読んだ。松永久秀の軍勢に寺社を潰させ、その恨みを一身に受けさせるつもりなのだ。

「御免こうむりましょう」

松永久秀は信長の勧告を拒んだ。

「やむを得ぬ」

信長は総攻撃を命じた。

松永久秀の縄張りになる信貴山城は、河内と大和を遮る信貴山の尾根を利用している。峻険《しゅんけん》とまでは言わないが、山道を使わねば攻め上がることができず、大軍を一気に運用できなかった。包囲はできても、総攻撃できる大軍の利はなくなった。

「紀州から順慶を呼び出せ」

業を煮やした信長は、筒井順慶を信貴山城攻略のために使った。

「石山本願寺よりの援軍でござる」

摂津側の間道を伝わって、数百の僧兵が信貴山城に近づいた。

「ありがたし」

信貴山城の門が開いた。

「門を壊せ。鉄炮を潰せ」

入った僧兵がいきなり、城門を閉じられないように破壊、城の内側で鉄炮を構えていた足軽たちに襲いかかった。

「いまぞ」

待ちかまえていた織田軍が信貴山城へなだれこんだ。

どれほどの堅城でも、門を破られてはそこまでであった。

「これまでよ」

松永久秀は、その首を渡したくないと考えたのか、天守閣に火薬を持ちこみ、自爆した。

「締め直さねばならぬな」

十月十日、信貴山城を落とした信長は、松永久秀の裏切りを重く感じ、自軍の引き締めに当たった。

年が明けた天正六年（一五七八）、信長は本願寺攻めを嫡男信忠に預け、腹心の羽柴秀吉を播磨攻略に向かわせた。

「播磨、備前、備中を落とせば、毛利も本願寺に手を貸すどころではなくなろう」

信長は、石山本願寺を孤立させる策に出た。

すでに石山本願寺攻めの軍勢から、雑賀を押さえるために佐久間信盛が、丹波の波多野攻めのために明智光秀が抜けている。そこからさらに羽柴秀吉が外れた。石山本願寺を攻める兵は大きく減っていた。

「無理をおしつけられる」

村重は、摂津衆にかかる負担を思って、嘆息するしかなかった。

織田家を巡る状況は、好転したはずだった。

最大の敵だった武田家を長篠合戦で打ち破り、比叡山を焼き、長島、越前の一向一揆、浅井、朝倉を滅ぼした。

残る敵は、石山本願寺と毛利くらいである。もう、京を奪い返される心配はない。

しかし、石山本願寺の抵抗はすさまじく、信長の版図は拡がっていなかった。

「殿、ご一門と名乗られるお方がお見えでございまする」

村重が苦吟していたある日、有岡城を数名の武者が訪れた。

「一門……」

村重が首をかしげた。

荒木にとって一門といえるのは、少ない。村重に娘を嫁がせた池田長正を始め、一度は袂《たもと》を分かった池田知正くらいであった。

その池田知正も足利義昭に従って敵となったが、幕府崩壊とともに帰参、今では村重の片腕となっている。

「思い当たる者がおらぬ」

「帰しまするか」

池田知正が問うた。

「まだ見ぬ一族というのもありえるが……会うだけならば、問題なかろう」

戸惑いながら、村重は応対した。

「お目通りをいただきかたじけのう存じまする」

二人の若侍を左右に控えさせた中年の武者が、両手をついた。

「信濃守である。余とかかわりがあるとのことだが」

村重があいさつもそこそこに問うた。

「波多野といえば、おわかりでござろう」

「………」

中年の武者の言葉に、村重は黙った。

「ご貴殿はご存じないか。ご貴殿のご祖父どのと、我が主波多野左衛門大夫の父が従兄弟《いとこ》にあたる」

「……信用できぬな」

村重は中年の武者を睨《にら》んだ。

「無理もござらぬが、事実」

中年の武者が断言した。

「証拠というわけではござらぬが、これを」

懐から中年の武者が書状を取り出した。大仰なまでに書状を頭上に掲げた。

「こちらへ」

同席していた池田知正が、代わって書状を受け取ろうとした。

「無礼をいたすな。ご教書であるぞ」

中年の武者が厳しい声を出した。

「ご教書がなぜ……」

村重が首をかしげた。

「公方さまのご直筆じゃ」

「……まことに」

村重は啞然《あぜん》とした。公方といえば、この世に一人しかいない。織田信長によって京から追放された足利十五代将軍義昭であった。

「畏《おそ》れ入れ」

中年の武者が威丈高に言った。

「それはできぬ。余は織田の家臣である」

村重は拒んだ。

「武家はすべからく、将軍の臣であるぞ」

中年の武者の言いぶんは正論であった。幕府は信長によって潰され、将軍義昭は追放された。しかし、朝廷から義昭の征夷大将軍を罷免《ひめん》するとの報せは出ていない。未だ足利義昭は征夷大将軍であった。

「真実かどうか確かめてからの話じゃ」

村重は書状を見せることが先決だと言った。

「やむを得ぬ」

これ以上言いつのって、会談を打ち切られては使者の意味がない。中年の武者があきらめて書状を池田知正に渡した。

「殿……」

「うむ」

池田知正から書状を受け取って、村重が開いた。

「……」

読み終えた村重が書状を閉じた。

「まちがいない。かっていただいた檄文《げきぶん》と同じお手蹟《しゅせき》だ」

村重はこれを真筆と認めた。

足利義昭は信長を倒すため諸国の大名に、上洛《じょうらく》を促す親書を出した。その大名のなかに、村重も入っていた。

「いかがでござろうか。御所の守りたる比叡のお山を焼き討ちするなど、織田の暴虐は今更言うまでもございますまい。天下に怨嗟《えんさ》の声は満ち溢れ、人心はすでに織田から離れておりまする」

中年の武者が語り出した。

「石山本願寺が立ち、それに毛利が呼応いたしました。さらに越後の上杉も春には兵をまとめて加賀へと侵攻いたしましょう」

「……………」

村重は黙って聞いていた。

「舟戦はご覧になったはず。織田では瀬戸内水軍を止められませぬ。すなわち、毛利の軍勢は、その気になればいつでも大坂へ侵攻できる。まさに織田は四面楚歌《しめんそか》。その勢いは止まり、命運も尽きかけておりまする」

「松永弾正どのは、あっさりと討たれたようだが」

村重が反論した。

「あれは、いささか早すぎましてございまする。上杉勢が加賀へ襲いかかってからとの手はずだったのを、松永どのが焦られた」

中年の武者が首を横に振った。

「松永どのの損失は大きいが、動員できるのはせいぜい五千。失ったところで、大勢には影響ございませぬ」

「そうかの」

村重は皮肉げに唇の端を吊《つ》り上げた。

「松永弾正どのは、石山本願寺からの援軍を信じていたとの噂《うわさ》もござる」

「…………」

中年の武者が黙った。

「お帰り願おう」

村重は使者たちを捕えず、追い返した。

四

摂津はあまりに信長のいる京に近すぎた。

数日後、村重は京に滞在していた信長のもとに、足利義昭の書状を提出した。村重は、波多野の使者が訪れたことを信長には隠しきれないと考えたのだ。

「……ほう。あの死に損ないめ。まだ動くか。じっとしておるならば見逃してやったものを」

書状を読み終えた信長が、凄惨《せいさん》な笑いを浮かべた。

「ご苦労であった。信濃守、よく報せた」

「いえ」

信長に疑われては大事である。村重は、己から報告して正解だったと胸をなで下ろした。

「そなたには、石山本願寺が片付いて以降、筑前守の手助けをさせるつもりであったが……」

そこまで言って信長が一度間を空けた。

「それより……」

じっと信長が、村重の目を見つめた。

「………」

目をそらすわけにもいかない。村重は下から信長の瞳《ひとみ》を見あげるようにして指示を待った。

「名前だけとはいえ、邪魔よな」

「なにがでございましょう」

意味を摑《つか》みかねた村重は問うた。

「将軍よ」

「……つっ」

村重は息を呑《の》んだ。連日の戦で忘れていた話が、村重の脳裏に蘇《よみがえ》った。

「そなた、将軍を呼び出せ」

「なにを仰《おお》せになられまするか」

信長の言葉に村重は啞然とした。

「将軍家を呼び出す方法などございませぬ」

呼び出せるとしたら、裏切りのときしかない。村重は必死で否定した。

「わかっておろう」

信長の機嫌が悪くなった。

「…………」

村重は汗が流れるのを止められなかった。

「摂津の他に一国をくれてやる」

「な、なにを」

褒美の多さに、村重は驚いた。

「身を守る術《すべ》を持たない愚か者を一人、仕留めるだけで一国。悪くはなかろう」

信長が唇をゆがめた。

「し、しばし、刻を……」

「ふん」

必死に嘆願する村重に、信長が鼻を鳴らした。

「石山本願寺が落ちるまでだ。それを過ぎれば……」

信長の声が低いものになった。

「わ、わかっておりまする」

震えながら村重は、信長の前を下がった。

帰りの馬で揺られながら、村重は信長の提案をもう一度考えていた。

「寝返るとの偽りを波多野に伝え、そこから将軍を招く」

将軍足利義昭を摂津に来させる理由はいくつでも付けられた。信長に叛旗を翻す者の中心になってくれ、あるいは将軍の御旗を摂津に立てるだけで周囲の大名どもはたちまちご威光になびくと言ってもいい。

「なにより、将軍家は京へ戻りたがっておられよう」

村重は足利義昭が、備後の鞆でいつまでも辛抱できるとは思っていなかった。

京、摂津、山科《やましな》は雅《みやび》の本場であった。歌会、能、踊りなどどれをとっても京《みやこ》にかなうところはなかった。

「公方さまは僧侶から還俗《げんぞく》された。それだけに一層贅沢が身に染みられた」

足利義昭は、十二代将軍足利義晴の次男であった。母は関白近衛尚通《かんぱくこのえひさみち》の娘である。

両親ともに身分ある血筋ながら、衰退した幕府に跡継ぎである兄義輝以外の子供を支えるだけの力がなく、六歳で興福寺へ移り仏門に入れられた。

貴種とはいえ、仏門に入れば贅沢などは許されない。義昭は早朝からの修行、一汁一菜の質素な生活を強いられた。

このまま僧侶として興福寺の一乗院の住職として生涯を終えるはずだった義昭に、転機が訪れた。十三代将軍となっていた兄義輝が、三好によって討たれたのだ。結果、義昭は流転の末、織田信長の手助けで十五代将軍となり、京へ凱旋《がいせん》した。

この経緯を見ても、将軍がいかに飾りかがわかる。実力があれば三好に殺されることはないし、息子を分家させてやれず仏門へ放り込むようなまねをしなくてもすむ。将軍は、御輿であった。

天下を手中にするための名目でしかないとはいえ、将軍は武家の統領であり、従二位に比される公家でもあった。その名前に集まってくる者は多かった。

十五代将軍となって京へ入った足利義昭は、たちまち人に囲まれた。

「公方さま、公方さま」

誰もが足利義昭を褒め称《たた》えた。

僧侶であったころには見たことさえない珍味を口にでき、朝から酒を飲むこともできた。豪華な衣服を身にまとい、美女を毎晩閨《ねや》に侍らせる。

二十九歳で還俗した足利義昭は、その甘美さに溺《おぼ》れた。

人というのは弱い。

足利義昭が、この贅沢が当然なものだと思い出すのにさほどの暇はいらなかった。

「躬は公方なり。天下人だ」

足利義昭の思い上がりは天井を知らなくなった。最初は信長のいうままにしていたのが、渋るようになり、やがて勝手なまねをしだした。

己にすりよってくる者に、褒賞や官位などの名誉を勝手に与えた。

これが信長の逆鱗《げきりん》に触れた。当然であった。信長は、足利幕府に権威など認めていない。ただ、便利だから保護しているだけで、天下の政は信長の仕事だと考えていた。

その仕事に足利義昭が口出しをしだした。そこで信長は、足利義昭に注意喚起をした。

「勝手な令を出すな。親書を書くな。贅沢をするな」

これに足利義昭は反発した。

結果、二人の間に大きな亀裂が入り、信長によって力を持たない足利義昭は放逐された。

「公方さまは、京での日々を忘れられぬはず」

一度白米の味を知った者は、もう粟《あわ》や稗《ひえ》では満足できなくなる。

村重は足利義昭が鞆を離れたがっていると読んでいた。

「……誘えば来る」

そこで村重は苦い顔をした。

「とはいえ、謀叛が上様の指示で形だけのものであったとして、そのまま許されるか」

村重は信長の素質を疑ったことはない。天下人たる勢いと名将としての実績を信長は持っている。だが、思っていた以上に器が小さい。力を失った将軍など放置しておけばいい。そのうち、のたれ死ぬのだ。だが、その我慢を信長はできない。村重はそう感じ始めていた。

「比叡山の焼き討ち、長島一向一揆のだまし討ち、武田に通じた叔母おつやの方への仕打ち……例を挙げれば指が足りぬ」

村重は恐れおののいた。

浅井、朝倉に与して逆らったとはいえ、比叡山の僧俗を皆殺しにした苛烈《かれつ》さ、武器を捨てて落ちれば助けると約束しておきながら皆殺しにした長島一向一揆への情け容赦なさ、武田に攻められたときは援軍を出さずして開城したうえ敵方の武将の妻となった叔母を捕らえて、裸でさらし者にした異常さ。どれをとっても鬼畜の所行である。

「あの御仁で天下は保つのか」

村重の疑問はそこに行き着いた。

「乱世をまとめあげるだけの力はある。いや、上様でなければ無理だ」

一度失われた秩序を回復するには、乱れた麻をほどくのではなく、断ち切らなければならなかった。ゆっくりともつれを解けば、被害は少なくてすむように思えるが、実際は一つを解く間に三つが絡んでしまう。それが親子兄弟で争う戦国であった。

「神も仏も怖れぬ上様だけにしかできぬ」

村重も領主である。領地内の寺社がどれほど大きな影響を持っているかは身に染みて知っている。

とくに一向衆は簡単に一揆を起こす。一揆の恐ろしさは、その武力もだが、年貢の減少にあった。一度一揆を起こされると、鎮圧したところで、農地は荒れてしまい、田を耕す男手がいなくなる。確実に国力が落ちてしまうのだ。

かといって一揆の要求を呑んでばかりでは、つけあがらせる。加賀などは守護が一揆によって討たれ、百姓の持ちたる国になっていた。

領主は神社仏閣に気を遣い、一揆をできるだけ避けるようにするのが普通であった。

それを信長は根底から覆した。

「抗《あらが》う者は根絶やしにしてしまえばいい。さすれば、二度と一揆は起こらぬ」

信長は国力の低下をものともしなかった。

「それだけの金をお持ちである」

織田の本拠、尾張は伊勢湾津島の交易でかなり裕福であった。また、長良《ながら》川や木曽《きそ》川のおかげで田畑の実りもいい。美濃も穀倉地帯として知られている。侵略していく土地の年貢が、一年や二年なかったところで困らないだけの国力を織田家は有していた。

「摂津ではできぬ」

村重は首を小さく左右に振った。

摂津も大坂湾に面しているが、交易は堺の商人が一手に握っており、村重のもとにはさほどの利をもたらしてはくれなかった。

また、穀倉地帯というほどでもなかった。摂津全体の石高は、ようやく二十万石に届くていどで、家臣たちを抱えて城を維持するには足りても、備蓄は難しい。

「乱世を終わらせた後、どうなる」

村重は不安であった。

「覇を唱えるには武がいる。だが、天下安泰を維持するには仁がなければならぬ」

人心を一つにまとめなければ、天下は続かない。人の心が揺れれば、世も落ち着かなくなる。明日があると確実に信じさせ、穏やかに過ごさせるには、優しさが必須であった。

「上様にはそれがない」

塙備中守の遺族への仕打ちが、村重には信じられなかった。石山本願寺を攻めろと言った主君信長の命に従って出陣し、塙備中守は討ち死にした。

「天晴れである」

仁ある将ならば、まず塙備中守を賞し、残された者たちを手厚く保護する。それが、他の将たちへ安堵を与える。この大将の下ならば、安心して、後顧の憂いなく戦える、こう思わせることができる。それを信長は、怒りのままに塙備中守を罰し、遺族をぞんざいに扱った。

「あのときもそうであったな。金ヶ崎の殿《しんがり》」

村重は思い出した。朝倉攻めの途中で義弟浅井長政に裏切られ、挟み撃ちに遭いかけたとき、信長はわずかな供回りだけで逃げ出した。配下の将はもちろん、同盟に従って援軍を出した徳川家康まで置き去りにした。幸い、朝倉の下手な用兵のおかげで、さほどの被害は出なかったとはいえ、殿の一人であった村重が死んでもおかしくはない状況であった。

「上様は、吾が身だけ無事であればよいのだ」

一人の武将として当たり前のことではある。主君が死ねば戦は負け、生きていてこそ将なのだ。だがそれは天下人としてはふさわしくない。村重はそう感じた。

「公方さまを自らの手で討たないのも、将軍殺し、主殺しの汚名を避けたいだけ。これだけのことをしておきながら……」

比叡山、長島、越前の結果、信長には天魔王という汚名が付けられていた。

「今更、将軍殺しを忌避する理由がわからぬ」

裏切った振りで足利義昭を城へ誘いこんで討つ。こうすれば、将軍殺しは信長ではなく、村重の仕業になる。

「武家の頂点に立つならば、主殺しはまずいのはたしかだが……」

武士は忠義に基づく。いかに乱世でも下克上は嫌われる。しかし、それでは天下を取れない。わかっていればこそ信長は人を殺してきた。今更、きれいごとは通らない。

村重は信長の意図が読めなくなった。

伊丹城へ戻った村重は、息子村次、池田知正を招いた。

「上様がこのようなことを……」

「馬鹿な」

「なんという」

話を聞いた村次、池田知正ともに驚愕した。

「父上は、お引き受けになられたのか」

「いいや、しばしの猶予を願ってきた」

村次の問いに、村重は保留したと答えた。

「決してお受けになられるな。天下の大逆人となりますぞ」

村重と袂を分かってから、足利義昭の直臣となった池田知正が、強硬に反対した。

「落ち着け」

興奮状態になった池田知正を村重は宥めた。

「この話、裏があると思わぬか」

村重は二人に意見を求めた。

「ございましょう」

「まちがいなく」

二人が首肯した。

「昨今、織田に対する風当たりが強い」

「石山本願寺を敵に回したのが、痛うございました」

村次が同意した。

「なぜ、強い織田が、石山本願寺で足踏みをしているのか……」

「四面楚歌だからでございましょう。織田と敵対しているものは、北の上杉、東の武田、南の雑賀、西の毛利、さらに丹波の波多野と多きにわたりまする。いかに織田が強かろうとも、同時にこれだけの相手をするのは無理でございましょう」

落ち着いた池田知正が語った。

「吾が織田に与したのはまちがいか」

「いいえ。まちがいではございませぬ。もし、当家が織田と敵対していれば、とっくに滅ぼされておりましょう。あのころは、まだ石山本願寺は織田と仲違いはしておりませなんだ。波多野も織田に近く、頼るとすれば三好だけ。三好と組んだところで……」

「……保つまいな」

三好は二つに割れていた。一代の傑物の三好長慶が病に倒れてから、三好は阿波を本拠とする三好三人衆と、河内、大和を支配する三好義継、松永久秀の二つの間で争っていた。その当時、三好義継と松永久秀は三人衆に抵抗するため、織田を頼っていた。そんなときに三好に与しても無駄であった。

「だが、このままではいかぬぞ。上様から公方さまを密《ひそ》かに殺せという指示が出た。動かねば、いつ上様の堪忍袋の緒が切れるかわからぬ。かといって、命に従えば、将軍殺しという汚名が、末代まで付く」

村重は悩んだ。

「いきなり、どうこうできるとは、上様もお考えではございますまい。今は、状況を見守るしかございますまい」

池田知正が先送りを提案した。

「さようでございまする。我らがなにかするまえに、公方さまが亡くなられるということもございましょう」

村次もそれに同調した。

「わかった。今は、動かぬ。だが、乱世ではなにをおいても生き残らねばならぬ。なにかあれば……」

最後まで村重は口にしなかった。

終章

一

天正二年（一五七四）十一月、伊丹氏を追ってから足かけ四年、ようやく伊丹城の改築と城下の整備が終わった。

「これよりここを有岡城と称する」

伊丹氏の影響をできるだけ排除したいと、村重は城の名前を変えた。猪名川に面した岡の上に本丸があることから、そう名付けた。

「見事な造りでございますな」

櫓《やぐら》の上から城下を見下ろしている村重に、池田知正、諱《いみな》をあらため重成《しげなり》が声をかけた。

「ああ。一つの町をまるまる取りこんだのだ。これで、長期の籠城でも困ることはない」

村重は有岡城に惣構えを設けていた。

惣構えとは、城下町も含めて、堀や石垣、土塁で囲むことをいう。有岡城は城だけでなく、侍町、町屋敷を含む、南北九百四十四間（約一・七キロメートル）、東西四百四十四間（約八百メートル）を堀と土塁で囲んだ。さらに鳩が横たわったような形の惣構えの要所に、上臈塚《じょうろうづか》、鵯塚《ひよどりづか》、岸と三カ所の砦を設け、防備を一層固くした。

「水は井戸から豊富に出る。鍛冶職人を始め、革もの扱いも城下に集めた。米さえ十分に備蓄しておけば、どれほどの大軍に囲まれようとも一年は保《も》つ」

村重は自らの縄張りを誇った。

「摂津守護の居城として、ふさわしいものでございまする」

池田重成が同意した。

先年、村重は信長の推戴によって従四位下にあがり、摂津守に補せられていた。

「祝宴を開く」

村重は配下の将を集め、宴席を開いた。

「皆のお陰で、余も摂津一国の主《あるじ》になった。礼を言う。今宵は心ゆくまで、酔うがいい」

かつて出世の始まりとなった池田城での宴席をなぞらえて、村重は夜の帳《とばり》が降りてから盃をあげた。

「おめでとうございまする」

広間に集まった将たちが、祝いを述べた。

「では、酔う前に皆へ褒美を渡そう。これは上様よりのご指示によるものだ。一同、感謝いたせよ」

最初の一杯を干した村重が立ちあがった。

「池田久左衛門重成」

「はっ」

「池田の城を預け、五万石を与える」

「かたじけなし」

池田重成が感謝した。

かつては村重の主であったときもあった。相争って袂をわかった日々もある。それをこえて主従逆転した池田重成に、村重は高禄と城を与え家臣筆頭にした。

「高山図書友照」

「これに」

「高槻の城と四万石を任せる」

城主和田惟長を放逐し、城ごと村重へ寝返った高山友照を村重は高く評価していた。

「ありがたし」

高山友照が手をついた。

「中川瀬兵衛尉清秀」

「御前に」

「茨木の城と四万石を持て」

「おおっ」

池田の家臣から村重の家臣へと移った中川清秀は剛の者である。戦場においての武功では、家中に並ぶ者がない。村重はふさわしいだけの待遇を示した。

「殿に忠誠を誓いまする」

中川清秀が大仰に喜んだ。

「続いて……」

村重は他の将たちにも惜しみなく加増をした。結果、村重の家臣で万石以上の禄を持つ者は九人に及んだ。

これだけの大盤振る舞いができたのは、信長による高直しで、摂津一国の石高が二十万石ほどから一気に三十万石近くまで増えたからである。

和田、伊丹、荒木の三氏で摂津を争っていたときは、人が減り、田畑が荒れてしまい、十分な収穫が得られなかった。それが、石山本願寺と争っているとはいえ、村重の支配地においては戦いがなく、穏やかな数年が過ぎたことで、大いに年貢が増えたのであった。

「一層、励め」

最後に村重がもう一度訓告を垂れ、加増と新しい配置は終わった。

褒美と酒、武将にとってこれほどのものはない。一同、大いに呑《の》み、盛大に酔った。

「まだまだ酒はある。存分に過ごせよ」

いつまでも主君がいては、十分に楽しめまいと中座した村重は、もう一度櫓へ上がった。

「…………」

煌々とした月明かりに、己が造った町並みが拡がっている。

「ここまで来られた……」

村重は感無量であった。

荒木家は丹波を追われてから、飛び地である摂津を頼り、池田家に縋った。譜代どころか余所者《よそ》として、すり潰されるような日々を祖父、父が過ごし、三代目の村重でようやく主筋の娘を娶《めと》れるようになった。

「よく生き延びてきたことよ」

村重は嘆息した。

「勝正さま、知正さま、そして信長さまと主を変えた。変節ものと罵られもした。将軍さまを京から追う手伝いもした」

武家にとって将軍は絶対でなければならない。だが、乱世は、その権威さえも崩した。村重も秩序の破壊者の一人であった。

「危ないこともあった」

大きくなった池田を怖れて、伊丹、和田、郡の三氏が手を組んで敵になったり、浅井、朝倉の罠にはまり、金ヶ崎城で殿《しんがり》戦をしたこともあった。寡勢で数に上回る敵に挑んだ回数は、両手の指では足りない。

「綱渡りばかりであった」

村重は苦笑した。

「これからもそうだろうな」

摂津一国を手にしたことで、村重は武将として名前をあげた。村重の夢は叶った。父たちの願いでもあった生き残りも果たした。だが、戦いはこれからも続いていく。村重の主君信長の天下統一は、まだまだ途上である。当然、その家臣である村重も戦に駆り出される。

「いつ終わるのだろう」

村重は苦い顔をした。

「信長さまの天下布武はまだまだ先だ。信長さまには敵が多すぎる。武田、上杉、毛利、長宗我部、どれも一つでは織田にかなわぬが、手を携えれば脅威になる」

櫓から村重は京のほうを見た。伊丹から京は天王山で隔てられている。その山の向こうに信長はいた。

「手を携える中心にいるのが、将軍義昭公。武家の統領が織田を討てとの命を出している。これが上杉、毛利が織田と戦う名分になる。もし、義昭公が死ねば、名分はなくなる。名分がなければ……」

村重は瞑目した。

「……城が完成した。これ以上は、待ってくださるまい」

目を閉じたまま、村重は嘆息した。

配下の将としては、城の完成を主君に報告しなければならない。

村重は信長のもとへと伺候した。

信長は岐阜と京を行ったり来たりしていた。将軍を放逐した信長は、短い滞在ながら京にいる回数を増やしていた。

将軍を追放した信長は、足利義昭が宿舎としていた二条御所を改築し、京の滞在先としていた。

「ご威光をもちまして、伊丹の城が完成いたしましてございまする。と同時に、伊丹が痛みに通じることを嫌い、有岡と名前を変えたく存じまする」

二条新御所の広間で村重は、信長の前に手を突いた。

「であるか」

一言で信長は、村重の報告を終わらせた。

「おめでとうございまする」

「なにがじゃ」

「上杉弾正小弼謙信が果てたこと、上様のご運勢益々盛んと……」

「ふん、他人の生き死にまで、吾の功績とするか」

信長が鼻先で笑った。

武田信玄、浅井長政亡き後、織田にとってもっとも怖ろしいのが、上杉であった。

越後一国、信濃半国、越中のほとんどを手にした上杉は、やはり北陸へと進出した織田と角《つの》を突き合わせていた。

信長も家中でもっとも武勇に優れた柴田勝家をあてたが、軍神と呼ばれる上杉謙信には勝てず、越中のほとんどと能登を奪われてしまった。

「さすがは謙信である」

足利義昭が手を叩いて喜び、

「仏罰が信長に下った」

石山本願寺も織田の敗退を聞いて士気をあげた。

上杉謙信が精強な兵を連れて上洛すれば、信長は終わる。信長を敵にしている連中のほとんどが、勝ったつもりになっていた。

早くから織田に与していた播磨東部を領する別所長治にいたっては、天正六年（一五七八）二月、上杉謙信の上洛を信じ、毛利や丹波の波多野の誘いもあって信長へ叛旗を翻した。

しかし、その期待を一身に浴びていた上杉謙信が、三月十三日、上洛軍の編成中、春日山城において急死した。

それだけならばまだよかった。生涯不犯《ふぼん》を誓った上杉謙信には子供がいなかった。代わりに養子が二人いた。一人は北条氏康の七男景虎《かげとら》で、両家和睦《わぼく》の証として越後へ迎えられていた。もう一人は謙信の姉の子景勝である。このどちらを後継者とするかの指名をせずに、上杉謙信が死亡、どちらが家督を継ぐかで家中が割れた。

景虎と景勝のどちらを跡継ぎに選ぶかで、精強で鳴らした上杉の将兵が敵味方に分かれて相争うことになり、結果、上杉家は上洛するだけの力を失った。

「摂津守、近うよれ」

信長が下段の間でかしこまっている村重を招いた。

「はっ」

礼儀よりも早さを求める信長である。村重は、小腰をかがめたままながら、急いで近づいた。

「遠慮せい」

信長が太刀持ちの小姓に手を振った。

「…………」

太刀を信長に渡した小姓が、すばやく広間を出て行った。

「……やれ」

それを見送った信長が、村重に命じた。

「……っ」

その意味するところを村重は理解していた。

「謙信が死ぬと思ってもみなかったのだろうな。愚か者がはしゃいでくれた。思ったよりも別所は馬鹿だったようじゃ」

信長が謀叛を起こした別所長治を罵倒した。

「だが、これこそ好機よ」

「好機だと仰《おお》せられまするか」

三木城は、交通の要路である。播磨から美作《みまさか》や備中、丹波へ向かう街道を扼《やく》するところにあり、ここが敵に回ると毛利へと軍勢を進めている羽柴秀吉への補給が難しくなった。

「はげ鼠は心得ておるわ。三木が敵になったところで、五千ほどじゃ。堅城ゆえ兵数が少なくともなかなか攻略はできまいが、万ほどの兵で囲んでしまえば、別所長治はなにもできぬ。亀のように首をすくめて籠《こ》もるのがせいぜいじゃ」

「………………」

信長の自信に、村重は息を吞んだ。

「三木なんぞ、いつでも落とせる。全軍を集めて力押しにすれば、半日ももたぬ。だが、それをせぬのは、あれがあるほうが得だからよ」

「得だと」

村重は驚いた。

「別所が裏切ってくれたおかげで、伊丹までの道が開いた」

「道……足利義昭さまを吾《わ》が城へお迎えする……」

「わかっておるな。そうよ。今までならば、義昭を呼びたくとも播磨を通れなかった。播磨一国は吾がものであったからの。だが、道が通った今、美作から三木を使えば、あの臆病者でも、動く気になろう」

信長が笑った。

「上杉が使えなくなった。これで織田を北から脅かす者はいなくなった。織田は、西に全力を出せる。吾の本気をもっともよく知っているのが、あの馬鹿よ。吾が本気を出せば、毛利など一蹴だと気づいておろう。もう、あの馬鹿に残された捲土重来の機は、吾が直接毛利に向かうまでの期間しかない。三木が落ちれば、波多野もそうは粘れまい。半年もあれば、織田の力は美作まで及ぶ。武田勝頼を敗走させたときよりも増えた鉄炮《てっぽう》を携えた十万以上の軍勢が攻めこむ。毛利の降伏は決まったも同然」

「…………」

万に近い鉄炮足軽が一斉に射撃をすれば、二万や三万の兵など一撃で崩れる。なにより、今は毛利の力を信じて織田に敵対している国人《こくじん》領主たちが、その威容を見ただけで膝を屈するのはまちがいない。昨日までの味方が、敵になって攻めてくる。味方が減って敵が増える。千の軍勢が翻れば、二千の差になるのだ。

信長が兵を率いて毛利と対峙《たいじ》するとき、それは織田の勝利であった。

「馬鹿は焦っているだろう。今ならば、あの臆病者も巣から出てくるだろう」

そう言って信長が懐から書状を出し、村重の前に投げた。

「これは……」

「読め」

問うた村重に、信長が命じた。

「拝見つかまつりまする」

村重が書状を開いた。

「……これは」

読み終えた村重は顔色を変えた。

書状には、信長を信用できないので、三木の別所、丹波の波多野と組んで義昭の味方をすると記されていた。

「右筆《ゆうひつ》に書かせておいた。花押《かおう》を入れよ」

表情も変えず、信長が言った。武将の手紙で直筆はまずなかった。字のうまい右筆に手紙を書かせ、最後に自筆で花押を入れれば、それで本人が書いたことになった。

「……ごくっ」

村重は唾を呑んだ。

「さっさとせい。そこに墨と筆はある」

信長がためらう村重に苛立《いらだ》った。

「は、はい」

信長を怒らせるとどのようなことになるか。村重もよく知っている。長年の譜代でさえ、気に入らなければ、衆人環視のもとで足蹴《あしげ》にするのだ。村重はあわてて花押を書いた。

「貸せ。これはこちらで時期を見て送っておく。あとは言わずともよいな」

信長がじっと村重を見た。

「…………」

　村重は汗が止まらなくなった。

　すべて信長の掌《てのひら》の上で、村重の運命も決められていた。

「安心いたせ。有岡城を囲むが、攻めはせぬ。いや、形だけ攻めるだけで、本気で落としにはかからぬ。一カ月ほどしたら高槻を開け。続いて茨木もじゃ。そうして次々と支城が落ちれば、誰もそなたの裏切りが偽りだとは思うまい。そのあたりを見こして次の書状を出す」

「次のでございますか……」

　額の汗を拭いながら、村重が訊いた。

「そうだ。さすがに一カ月ほど戦ってみせれば、疑い深いあの馬鹿も信用しよう。そこでそなたが、城内の兵の士気を盛りあげるため、将軍さまのご出座をと求めれば、喜んで出てこよう。あの馬鹿は将軍こそ武家の統領、その姿を見ただけで、すべての武士はひれ伏さねばならぬと思いこんでおるからの」

　信長が口の端を吊り上げた。

「そこまで読んで……」

　村重は信長の策の深さに感心した。

「当たり前じゃ。なんのためにあの馬鹿を越前から引き取り、将軍に祭りあげたと思っている」

義昭のことについて、己より知る者はいないと信長が胸を張った。

「あやつがおとなしく将軍という飾りになっていればよかったのだ。女に溺れ酒を浴びる。それくらいのことならば、余も認めた。それを勘違いしおった。余を家臣だと考えて、己こそ天下の主だと思いあがりおった。松永弾正に捕まっていつ殺されるかわからぬ非力な坊主であったことを忘れてだ」

信長が足利義昭への不満を口にした。

「それだけならばまだよいが、あの馬鹿は御内書を出した。織田を討てという命をあちこちに撒いた。それがなければ、上杉も、石山本願寺も、浅井、朝倉、雑賀衆、毛利も敵にならなかった。とくに浅井と石山本願寺を敵にした罪は重い。これがなければ、今ごろ余は毛利を押さえ、四国、九州へと兵を進めていたはずだ。まったく無駄な手間をかけさせた」

「…………」

延々と続く信長の悪口に、村重は言葉もなかった。

「時期はそうじゃの。三木の応援にそなたを行かせる。そのころがもっとも連絡を付けやすいだろう。そなたが摂津から出れば、またぞろ波多野あたりが近づいてこよう」

その興奮のまま、信長が指示をした。

「……お断りするわけには」

おずおずと村重は口にした。

「そなたの代わりを池田知正に、今は重成であったかの、させるだけじゃ。そのために、家中の加増をさせたのだ。摂津三十万石、家臣たちに分割したいま、そなたの手元には八万石も残るまい。池田、高山、中川を合わせれば……」

信長が冷たい眼差《まなざ》しを村重に向けた。

「……………」

村重は逃げられないと悟った。

「しっかり、高山や中川と話をしておけ」

「はっ」

打ち合わせを念入りにすませよと命じた信長に、村重は首肯した。

「見事、義昭を討ったならば、約束の一国として丹波をくれてやる」

「丹波を……」

荒木家にとって、丹波は思いのある土地である。それを信長は餌にした。

「松永弾正を思い出せ。吾は使える者を無駄には殺さぬ」

信長が成功した後を保証した。

「準備にかかりまする」

三木城への援軍として出る用意をすると告げて、村重は信長の前を下がった。

二

三木城の別所長治離反は、穏やかに織田へと色を変えた播磨を大きく揺さぶった。

二カ月後の四月には、毛利が三万と号する大軍を美作まで出し、織田方の尼子勝久が籠もる上月《こうづき》城を包囲した。信長も長男信忠に二万の兵を与えて、これに立ち向かわせたが、両軍共に決戦には及ばず、信忠は三木城の支城を攻略しただけで、それ以上動かなかった。

信長の命で、羽柴秀吉の陣営へ参加していた村重も毛利の軍勢との直接の対峙はしなかった。

「囲んでおけ」

迂闊《うかつ》に攻め始め、三木城に気を奪われたところを毛利に突かれては、敗北に繫《つな》がる。

信長は、羽柴秀吉に包囲だけを命じた。

三木城の東、美嚢川《みのうがわ》を挟んだ対岸の平井山に羽柴秀吉は本陣を置き、堀尾吉晴、浅野長政、加藤嘉明ら織田方の部将が周りを囲み、城からの出入りを厳しく見張った。

荒木村重は本陣の東南、美嚢川の支流吉川沿いの久留美に展開するよう羽柴秀吉から指示された。

「後詰めの位置じゃな」

「はい」

村重は池田重成と話した。

「三木城と直接戦う位置ではなく、丹波の波多野氏が援軍を出したときの備えと考えてよろしいかと」

池田重成も同じ考えでいた。

「これも上様のご手配か」

「おそらく」

村重の確認に、池田重成がうなずいた。

「三田《さんだ》をこえれば、丹波……」

後方へ目をやりながら、村重は嘆息した。

「どうしても吾にさせたいようだ」

「殿は織田にとって外様《とざま》でございますゆえ、多少のことがあっても上様のお名前には傷が付きませぬ。松永弾正どのや三好義継どのが、そうでございました」

松永久秀と三好義継は十三代将軍足利義輝を殺害していた。松永弾正は、その場にはいなかったとされているが、家中の兵を出したことには違いない。二人とも言いわけのきかない主殺しとして、天下に悪名を残していた。

「……久左衛門」

「…………」

村重に呼びかけられた池田重成が無言でうなずいた。

「三度裏切ったのに、松永弾正が許されてきたのは……」

「殿の前任だったから……だとすればつじつまはあいまする」

二人が顔を見合わせた。

「将軍は弾正の誘いに乗らなかった。三度も上様に叛旗を翻したのに」

「当たり前でございますな。弾正どのは将軍義昭公の兄君を弑逆《しいぎゃく》したうえ、奈良の興福寺に義昭公を幽閉した。命を狙った者のところへ近づきたいと思うはずはございませぬ」

池田重成が述べた。

「弾正が失敗したゆえ、吾にお鉢が回ってきた」

村重は苦い顔をした。

「殿も上様の敵に回られたことがございました。将軍家を誘うにはちょうど良い経歴と上様はお考えになられたのでしょうな」

「たまらぬな」

大きく村重は息を吐いた。

「だったら別所長治にさせればよいものを」

村重は反対側にある三木城のほうへ首を向けた。

「三木は毛利に近すぎましょう。こんどこそ将軍家の息の根を止めたいと上様はお考えのようでございますからな。三木だとまたぞろ逃げられるやも知れませぬ」

池田重成が首を振った。

「吾が裏切り、将軍を摂津に迎えたところで、お命を頂戴。その後、上様の降伏勧告に従い、有岡城を開き、恭順する。裏切っている間に吾がしたことだ。将軍殺しも上様にはかかわりがない。そして上様は、裏切った者でも頭《こうべ》を垂れれば、従来同様家臣として受け入れたという寛大さを評判にできる。上様にとって利しかないの」

村重は信長の強欲さにあきれた。

「殿」

池田重成が表情を引き締めた。

「上様が本当に約束を守られるとお考えか」

筆頭宿老の地位に就いている池田重成にしてみれば、家の行く末は重大事であった。

「…………」

村重は沈黙した。

「早まったまねをするべきではないと」

慎重に行動するべきだと言った池田重成に、村重は首を横に振った。

「もう遅いのだ」

「吾の花押が入った手紙が……」

村重が信長との会談を語った。

「そこまで用意を……」

池田重成が顔色を変えた。

「手紙がいつ、どこへ届くか。それを待つしかない」

力なく村重はうつむいた。

羽柴秀吉率いる数万の軍勢は、三木城を取り囲んでいる。将兵の目は、三木城、すなわち前に向いていた。おかげで、背後はまったくの無警戒になった。

「摂津守どのにお目にかかりたい」

僧侶が三人、荒木の陣中を訪れた。

戦には僧侶が同伴することがある。一向衆のように僧侶が将となるのとは違い、主将が帰依《きえ》している寺院の僧侶や、戦場に影響力を持つ宗派の僧侶が、吉凶の占いや敵方との交渉を担うために参陣していた。

僧侶が戦場に訪ねてくるのは、さほど不思議なことではなかった。

「御坊、陣中のお見舞いか」

村重は問うた。

三木は浄土真宗の盛んな土地である。石山本願寺に繋がる寺院が多く、それも別所長治の謀叛を後押ししたのは確かであった。とはいえ、すべての寺院が別所長治を支持しているわけではなく、なかには穏便な考えを持つところもある。そういった寺院は、敵対しないことを表明しに陣中を訪れた。こうすることで、兵たちによる乱暴や狼藉《ろうぜき》、略奪を主将から禁じてもらうのだ。

「はい。これをお納めくださいませ」

立派な身形《みなり》をした老僧が、村重へ手紙のようなものを差し出した。

「目録かの」

村重は受け取った。

陣中見舞いには手土産がつきものであった。米や味噌などの食料品から、寺宝として伝えられている書や茶碗などを差し出すことで、庇護《ひご》を願う。

「……っっ」

書状を開いた村重の顔色が変わった。

「殿……」

村重の様子に池田重成が驚いた。

「いただいた書への返事でございますよ」

老僧が笑った。

「貴僧は……」

書状を池田重成に回しながら、村重が問うた。

「石山本願寺の僧侶でござる。初夏には書状をいただいたにもかかわらず、一カ月かららときがかかってしまいましたことをお詫びしましょう」

両手を合わせて老僧が頭を下げた。

「いや、それはかまいませぬが……こちらも有岡を離れておりましたし」

村重は手を振って、詫びは不要だと告げた。

「まことでござるかの」

老僧が真剣な目で確認した。

「証拠となる書状を出したことをお汲みいただきたい」

花押の入った手紙を出した。これほど確かな意思表示はないだろうと村重は言った。

「たしかに。いや、お疑いいたして申しわけない」

もう一度老僧が謝った。

「しかし、織田で重用され、摂津守護まで与えられたお方がなぜ。そう思う者は多いのでございますよ」

そう簡単に信用できないと老僧が言いわけをした。

「当然でござるな」

疑いを正当なものだと村重は認めた。

「吾が信長の引きで摂津守護になれたのは確かでござる」

「……………」

信長を呼び捨てた村重の話に無言で老僧が聞き入った。

「その恩は感じておりまする。が、戦いは終わりませぬ」

「悪鬼信長が生きておる限り、我らは矛を収めぬ」

老僧の後ろに立っていた若い僧侶が強い口調でいった。

「惣光、黙って聞きなさい」

老僧が口出しした若い僧侶をたしなめた。

「はっ」

叱られた若い僧侶が引いた。

「我らは疲れました。戦の毎日でござる。織田の配下になったゆえ、当然と言えば当然なのでござるが、今日は越前、明日は大和、明後日は紀州と走り回らされておりまする。摂津国を守るためならば、皆、命をかけましょう。縁もゆかりもない土地で骸《むくろ》を晒《さら》すのは……」

最後まで村重は言わなかった。

「なるほど」

老僧は首肯した。

「実のところ別所どのの寝返りがなければ、まだ動くつもりはございませなんだ。どう考えても孤立するだけ。三木が織田に叛旗を翻したおかげで、毛利、波多野らとの連携ができるようになり申した。それに石山本願寺がござる。吾が織田軍を有岡城へ引きつけている横腹を石山本願寺が突けば、弱兵で知られた織田の兵はもちますまい」

村重は続けた。

「それに、先日の戦い、あの塙備中守が討ち死にした戦《いくさ》で、石山本願寺の信徒たちの強さを見せつけられましてござる」

これは本当であった。死を怖れない信徒たちの行軍は、村重の心胆を寒からしめていた。

「よきかな」

満足そうに老僧がうなずいた。

村重の寝返りは石山本願寺にとって大きい。村重の息子村次が守る花隈《はなくま》城は瀬戸内から大坂湾へ入る突端にある。ここが織田方である限り、毛利の軍船は無傷で石山本願寺へ兵糧を運びこむことができなかった。

「しかし、上杉が来ないとわかってからでは遅すぎませぬかの」

大きな矛盾を老僧は突いてきた。

上杉謙信が生きて上洛すると思えばこそ、三木の別所は叛旗を翻した。それに村重が合わさなかった理由を老僧は訊いた。

「三木がどう出るか、まったく知らなかったのでござる。上杉が軍勢を率いて京へ出てくるまで、こちらが耐えられるとは思えませぬ」

「信心が足りぬ」

ふたたび若い僧が叫んだ。

「吾は一向宗ではございませぬ」

村重は要らぬ合いの手を入れてくる若い僧をにらみつけた。

「いい加減にせい、惣光。摂津守どのもいずれは、仏の理をおわかりになる」

若い僧侶を叱りながら、老僧は村重へ改宗を求めた。

「…………」

厚かましいというか、つけこもうとしたのか、老僧の言葉に村重は鼻白んだ。

「お話たしかに承りましてござる」

老僧が会談の終わりを告げた。

「ああ、時期はこちらにお任せをいただきまする」

寝返る機の指示には従えないと村重は宣告した。

「今すぐではないと言うか」

若い僧が三度目の激発をした。

「当たり前だ。こんなところで寝返ってみろ。城に戻る前に滅ぼされるわ。戦は武士に任せて修行に精を出されるべきぞ」

腹が立った村重は言い返した。

「きさま、僧侶に対し……」

「惣光」

「……申しわけございませぬ」

静かに言った老僧へ、若い僧が謝罪をした。

「謝る相手が違うと思うがの。まあ、よかろう」

老僧が若い僧から村重へと目を移した。

「信長が生きているだけで、天下は地獄に近づきまする。あの者の所行を一度ゆっくりとお考えあれ。一日でも早く、除《の》けるべきでござる」

最後にできるだけ早く動けと残して、老僧が去っていった。

「……殿」

見送った池田重成が、震えながら村重を見た。

「矢は放たれた……」

力なく村重はうなだれた。

攻めこまず、包囲しているだけでも物資は浪費される。人はなにもしなくても飯を喰《く》うのだ。

「無駄じゃ」

信長が羽柴秀吉に軍勢の一部を撤退させるように命じた。

三木城を包囲するだけでも、一日で何石という米が消費されていく。四面楚歌に近い織田にとって、一粒たりとも米を浪費できなかった。

「順次、帰国なされよ」

秀吉が、与力してくれている武将たちに声をかけた。

「摂津守どのも、お帰りあれ」

最後まで残っていた村重に、秀吉が勧めた。

「お心遣いかたじけなし」

村重は、有岡城へと兵を返した。

「殿、ご一門の方が」

城へ戻った村重のもとへ、かつて寝返りを勧めるために来た波多野の一族が再来した。

「公方さまのご教書でござる」

「はっ」

前回と違い、村重はすばやく下座へ動いて、平伏した。

「謹んで承れ」

波多野の一族が、声を張りあげた。

「摂津守の返り忠を認め、今までの不忠を不問にいたす。今より忠節に励み、悪鬼信長を滅ぼせとの御諚《ごじょう》である」

「ははっ。この摂津守、命に代えましても」

村重は平伏した。

「これを」

教書を波多野が、村重に渡した。

「畏れ入る」

押しいただいた村重が、教書を上座へ安置した。

「播磨と丹波、そこに摂津が加われば、織田は西へ兵を出せませぬ」

波多野が言った。

「摂津が敵になれば、羽柴の軍勢は補給を断たれる。日を置かずして、三木を放り出して逃げ出すは必定」

「…………」

もう勝ったも同然という話を、村重は難しい顔で黙って聞いていた。

「摂津守どの……」

波多野が怪訝《けげん》そうな顔をした。

「織田の西進を止めるのはよろしいが、矢面に立つのはわたくしでござる。毛利どのは来られるのか」

「ご懸念あるな。織田が有岡を囲んだならば、波多野が助けましょう。もちろん、羽柴の軍勢がいなくなっておれば、三木の別所も打って出ましょう」

波多野の一人が胸を叩いた。

「丹波からお出で下さるというのは心強いが、明智がおりましょう」

寝返った波多野の八上城は、織田の部将明智光秀によって包囲されていた。

「なに、摂津が敵になれば明智も陣を敷いてはおられますまい」

波多野の一人が大丈夫だと言った。

「ならばよろしいが……」

村重は心中あきれていた。

どちらも摂津が織田に反することを前提にしている。そうでなければ、手も足も出ないと言っているに等しい。

「ですが、摂津は京に近い。また石山本願寺との連絡も付けやすく、ここを押さえれば、織田の毛利征伐は無に帰しましょう」

難しい表情のまま、村重は話した。

「摂津が敵である限り、織田は西へ進めませぬ。当然のことながら、厳しく攻めて参りましょう」

「それはそうでござろうな」

「たしかに」

村重の説を波多野から出された使者二人が認めた。

「有岡の城は堅城とはいえ、織田の大軍に囲まれては、将はもっても兵たちが折れかねませぬ」

「………」

今度は使者が黙った。

「わたくしもできるだけ奮励いたしまするが、打ってでるわけには参りませぬゆえ、意気があがりにくうござる」

摂津一国三十万石とはいえ、支城にもあるていどの兵を割かなければならない。有岡城に籠もるのは、よくて五千から七千というところである。これでは包囲している織田の軍勢へ攻撃を仕掛けるなど無理であった。

また籠城は、兵たちの弱気を招きやすかった。

籠城とは野戦で勝てないときに採る手段である。勝てないから堅固な城に籠もるのだ。籠城で敵を滅ぼし、領土を増やすという勝利はあり得なかった。

もちろん、勝利を敵の撤退とするならば、話は別である。とはいえ、兵数で劣っているのだ。勝利には、他の要因が必須であった。

一つは兵糧であった。籠城する敵を囲むには、そこまで兵を行かせなければならない。米や武具などの輸送が要る。あまり長くなると兵糧が底を突き、兵を滞陣させておくことができなくなり、包囲を解いて帰国することになる。

だが、摂津と国を接する京を手にしている織田に兵糧切れはない。それこそ、有岡城のほうが、補給できないだけに難しくなる。

次は援軍である。城を包囲している織田の外側から、毛利あるいは波多野らが襲いかかれば、そちらの相手をしなければならなくなり、有岡城の相手どころではなくなった。

「お約束いただいたうえは、安心しておりますが、丹波と播磨の兵力だけでは、織田に立ち向かえますまい」

「それは……」

波多野が詰まった。

丹波も播磨も国を挙げて信長に敵対しているわけではなかった。当然ながら、織田に与《くみ》している国人領主も多い。一国すべての兵をあてても、織田にははるかに及ばない。村重は現実を告げた。

「毛利はかならず来てくれましょうな」

「それはまちがいなく」

確認した村重に波多野の使者がうなずいた。

「先日は三木城の救援と見せて、上月を攻略、そのまま兵を退いたようでござるが」

毛利の動きを村重は口にした。

「……………」

使者たちが言葉を失った。

「毛利が来ると思えばこそ、織田をあきらめたのでござる。もし、毛利が来てくれずば、有岡は一年保ちませぬ」

村重は続けた。

「有岡の城は落ちずとも、兵たちの士気が保てませぬ。気弱になった兵は、生き残るために裏切りかねませぬ。有岡が堅固とはいえ、なかから火が出でたら終わりでござる。摂津が織田に戻れば、播磨も続きましょう。次は三木城、そして丹波でござる」

「むうう」

使者が唸った。

「毛利の本拠、安芸は遠い。摂津まで兵を出すのは並大抵ではございますまい」

「さ、さよう。ゆえに、いささか摂津守どのには、我慢を願わねばならぬ」

水を向けた村重に、使者が食いついた。

「それには、公方さまのお力が要りまする」

「公方さまの……」

「いかにも。公方さまをこの有岡の城へお迎えしたい」

首をかしげた使者へ、村重は要求した。

「無茶な。摂津はもっとも織田の軍勢に近い。そのような危ないところに公方さまのご動座を願うなど」

使者が驚愕した。

「なにを言われる。摂津は、本来公方さまがおられるべき京に近いところ。公方さまが摂津に来られたら、京近隣の者どもも、そのご威光に触れて、心をあらため、兵を寄こしましょう」

「………」

正論に使者は反論できなかった。

「今すぐにとは申しませぬ。ただ、公方さまなしに、有岡城は戦い続けられませぬ。そして有岡が落ちたとき、播磨も丹波も、いえ、美作、備中も織田のものになる。それをお含みおきくださいますように」

村重は、よく伝えるようにと使者へ言い聞かせた。


だが、なかなか村重は決断できなかった。村重は石山本願寺の強さを知っていたが、それ以上に信長の恐ろしさが身に染みていた。

「道具として使い捨てられるのではないか」

村重は討ち死にした塙備中守への扱いが忘れられなかった。

「表に出せぬ命令じゃ。果たさなかったからとはいえ、吾を咎《とが》めることはできまい」

村重はまだ逃げ道を探していた。

そんな村重のもとに、噂が届いた。

「荒木摂津守謀叛のよし」

細川藤孝が、信長へ注進したというのだ。

「兵部大輔め」

村重が腹を立てた。

細川藤孝も織田では新参である。もとは幕臣で将軍の側近であったが、足利義昭を見限り、信長に臣従した。同じく足利義昭の家臣から織田へと鞍替えした明智光秀の寄騎となり、石山本願寺攻めや松永久秀討伐に参加していた。

細川は荒木よりはるかに格上、しかも村重を織田に誘った功労者である。しかし織田における席次で、摂津一国を領する村重の後塵を拝していることが気に入らないのか、ここ数年よくからんでくるようになっていた。

「あの摂津が、余を裏切るはずなどない」

信長が否定して笑い飛ばしたという話も続けて聞こえてきた。

「吾を急《せ》かしておられるのだな」

裏を見せられた村重である。信長の否定は催促の意味だとわかってしまった。いや、細川藤孝の後に、信長の影を見た。

「他人の耳に、吾の謀叛という言葉が入ってしまった。否定されても噂は消えぬ。もう止められぬ」

己の意思ではどうしようもないところまで話は進んでいた。

「流されるしかない……」

村重は大きく肩を落とした。

「殿……」

「城主格の者どもを集めよ。軍議を始める」

踊らされているとわかりながら抵抗できない。村重は重い声で池田重成に命じた。

三

天正六年十月、荒木村重は有岡城へ配下の将兵を招集、織田から付けられていた目付役の部将を追放、謀叛を起こした。

村重の家臣となっている高山重友、中川清秀も、それぞれの居城に配下を率いて籠城した。

「摂津守謀叛」

報告を受けた信長は激怒した。

「許さぬ、摂津守め」

「お待ちくださいませ。一度話をさせていただきたく」

すぐさま討伐軍を出そうとした信長を明智光秀が留めた。

「一度だけじゃ」

信長が許し、明智光秀、松井有閑、万見仙千代《まんみせんちよ》の三人が有岡城へと説得に来た。松井有閑は幕臣から信長の右筆になった者で、万見仙千代は信長お気に入りの若武者であった。

「勝てぬとわかっておるだろう」

娘を村重の嫡男村次に嫁がせている関係もあり、明智光秀は真摯に説得した。

「儂もともに詫びてやるゆえ、思い直せ」

「かたじけなし」

明智光秀の気遣いに、村重は感激した。

「母を人質に出せば、上様もお許しになる」

「……母を」

村重が苦渋の顔をした。村重は命を果たさず、逃げたことになる。母を信長のもとに差し出せば、まちがいなく殺されるとわかっていた。

「きっと、儂がなんとかする」

強く明智光秀が勧めた。

明智光秀は、信長から丹波の攻略を命じられている。摂津が敵に回れば、丹波の攻略は難しくなる。八上城を包囲している背中を、村重に突かれるかも知れないのだ。丹波は一度国を挙げて信長に与したが、今は完全に敵対している。もちろん、国人領主のなかでも勢力の弱い者は、ふたたび織田にすり寄ったりしているが、もともと強いほうにすり寄るのが、唯一の生き残り手段である。波多野が優勢になれば、あっさり敵に回る。摂津の帰趨《きすう》は、明智光秀にとって無視できないものであった。

「少し考えさせていただきたい」

村重は明智光秀から離れた。義理とはいえ、明智光秀は一族になる。無下な扱いをするわけにはいかなかった。

「摂津守どの」

面談の場所を出ようとした村重に、松井有閑が近づいてきた。

「なにか」

「手紙を書いたのはわたくしでございまする」

そう囁くと、松井有閑が離れていった。

「なっ……」

村重は信長の強固な意志を見せつけられた。明智光秀にほだされることがないよう、信長は松井有閑を見張りとしてつけてきた。

「承知した」

村重は明智光秀を帰すために、母を人質に出すと約束した。

「めでたい」

責を果たせたと明智光秀が喜んだ。

しかし、村重は動かず、逆に石山本願寺との連携を強化するため、そちらへ重臣の息子たちを人質として差し出し、誓書を交わした。

「本願寺と一味のうえは善悪については相談、入魂にいたすべきこと。本願寺の要求には応じること。織田信長を倒した後、天下がどのようになろうとも、本願寺は荒木を見捨てざること。荒木の知行について本願寺は口出ししないこと。また本願寺の知行分について荒木は異存を申し立てない。領内の百姓門徒については荒木が支配し、本願寺は干渉しないこと。摂津国は申すに及ばず、荒木所望の国々の知行の件についても本願寺は手出しいたさぬこと。公儀及び毛利にたいして忠節をつくすので、荒木の望みをかなえるべく本願寺は努力すべきこと。また荒木と争っている牢人門徒については、本願寺がこれを止めること」

石山本願寺が誓書のことを公表、ここに村重の翻意は確定した。

「なんということを」

交渉を無にされた明智光秀が憤り、ふたたび有岡城を訪れた。

「また付いて来おった」

一行に松井有閑がいた。村重ははっきりと明智光秀に人質のことを拒み、交渉を打ち切った。

「娘御をお返しする」

二度も手間を掛けてくれたことへの礼と詫びを兼ねて村重は、村次の正室として迎えた明智光秀の娘倫子を離縁した。

「無念なり、摂津守」

娘を受け取った明智光秀が残念がった。

「来るぞ」

村重は、織田信長との戦いを家臣たちに報せた。

籠城の準備を整えた有岡城に、一人の武将が訪れた。

「官兵衛《かんべえ》どのではないか」

「ご無沙汰をいたしておりまする」

播磨の小名小寺《こでら》家の家老で、羽柴秀吉の寄騎となっている黒田《くろだ》官兵衛孝高《よしたか》が村重への面会を求めた。

「無謀なこととおわかりでござろう。今ならば、まだどうにかできましょう。羽柴さまにお願いすれば、上様もきっとお許しくださいまする。毛利の水軍が敗れた今、石山本願寺も時間の問題」

十一月六日、木津川の沖で鉄張りの巨船を用意した織田水軍が、ふたたび石山本願寺へ兵糧を入れようとして進軍してきた毛利水軍を壊滅させていた。

「…………」

またもや説得であった。村重は口を閉じた。

「摂津が寝返ると羽柴さまの中国攻略が遅れまする。それは天下の安寧を遠くすることでもござる。摂津守どのは、今のように天下が麻のように乱れたままでもよいとお考えか」

黒田官兵衛が続けた。

「この乱れた国を一つにできるのは、上様だけでござる。石山本願寺などに与しては、加賀のように百姓どもに国を奪われますぞ」

「……………」

「上様の才を御貴殿もご存じであろう。本朝で鉄炮の集団使用を初めてなさったのも上様でござる。兵と農を分離させたのも上様、比叡山を焼いて僧侶どもの無謀をこらしめたのも。どれか一つでも、他の大名にはできますまい」

「……………」

「幕府という弊害を取り除き、乱世に終止符を打つのは上様だけ。祖父の遺言で天下を望まぬという毛利、家督で揉めて力を落とした上杉、鉄炮の前に兵力を散らした武田、どれも天下人たりえませぬ。もちろん、毛利へ逃げた将軍など論外」

「……………」

「摂津守どの」

いっさい反論しない村重に、黒田官兵衛が怪訝な顔をした。

「謀叛を起こした者は、それぞれに理由を持ち、糾弾されれば激発して、言い返してくるもの。己の正当さを声高に言わねば、謀叛を続けるだけの気力さえないのが普通。事実、三木城の別所長治は、延々と上様の危険さと羽柴さまの出の悪さを城壁から叫んでおりました。石山本願寺も、鈴木孫一も、織田の非道さを世間に訴えておりまする。それを摂津守どのは、口にされぬ」

賢い黒田官兵衛が、村重の態度に不審を持った。

「………」

じっと黒田官兵衛が村重を見あげた。

「上杉が内紛で脱落した。武田は既に昔日の勢いはなく、北条は西へ出る気はない。なにより東は、徳川どのが守っている。織田は、全力を西に注げる。上杉が転《こ》ける前に寝返った別所長治は、謙信が西へ軍を進めると信じていた。上杉は精強、一度手痛い敗北を喫している。当然、上杉を止めるには、織田の全力を傾注しなければならない。中国路を攻めている羽柴秀吉も、軍勢を上杉対策に回すことになる。そうなれば、播磨以西は雪崩をうって毛利側に染まる。たとえ上杉謙信を退けられても、織田の被害は相当なものになる。織田の天下はまちがいなく遠ざかる。別所長治の……」

黒田官兵衛は思案を重ねた。

「決断は正しい。ただし、軍神とたたえられた上杉謙信が生きており、精鋭を率いて上洛するという条件のもとでは。しかし、その前提が崩れた。上杉謙信が急死、家中は二つに割れ、勇猛な武将も討ち死にしてしまった。景勝公が当主となった上杉に、上洛の力はない。その状況で、摂津守どのが謀叛。管領の三好、将軍、その二つの権威を見限って、新興の織田を選んだという慧眼の持ち主が執る策とは思えぬ」

考えに没頭しだした黒田官兵衛の口調が変わった。

「では、なぜ、摂津守どのが上様を裏切らなければならないのか。石山本願寺に有岡城の兵糧が流れていたという話もあるが、それだけでは弱い。今と違い、あのころは毛利水軍が兵糧を運びこんでいた。少々の兵糧など足軽の小遣い稼ぎだ。それほど大事ではない」

己の推測に黒田官兵衛が酔い始めた。

「石山本願寺は強い。信徒たちは死を怖れない。だが、不死ではない。織田が動員できるすべての兵をもって攻めれば、落ちる。一向衆の信徒でもない摂津守どのが、それに危機を覚えるはずはない」

黒田官兵衛の表情が険しくなった。

「上杉と武田が崩れたことで、上様を囲む状況は変わった。残るは毛利だけ……なぜ、毛利は反織田になった。領土を拡げるな、天下を望むなとの家訓を持つ毛利が、石山本願寺の援助に立ちあがったのはなぜだ。上杉謙信が上洛しようとしたのは……将軍の命。将軍の指示なしでは、地方の大名は軍勢を上洛できぬ」

軍勢を率いて他国の領土を通行するには、名分とその地の大名の許可が要った。なしで入れば、侵略になる。上洛するまえに、近隣との戦いが始まる。これを防ぐのが、公儀、幕府の命であり、将軍の求めであった。将軍の要請で上洛する軍勢の邪魔をするのは、謀叛と同じであった。

「…………」

村重は驚いていた。黒田官兵衛が羽柴秀吉の知恵袋であることは知っていた。いや、播磨一国が一度とはいえ、織田に膝を屈したのは黒田官兵衛の手柄であった。しかし、ここまで読み取るとは思わなかった。

「将軍さえいなければ、上杉も毛利も国境をこえて兵を出す名分を失う。……上様のご指示で、将軍を……」

「それ以上はならぬ」

結論を村重は言わせなかった。

「取り押さえよ。城から出すな。兵たちとの触れあいもさせてはならぬ。土牢へ閉じこめ、事情を知りたる者で監視せよ」

「摂津守どの、拙者は味方ぞ」

黒田官兵衛が焦った。

「悪いの。これは世間に出せぬのでな」

「拙者は他言せぬ」

周りを囲まれた黒田官兵衛が泣きそうな声を出した。

「おぬしが織田の譜代ならばまだしも、播磨の小名小寺の家老。小寺家が織田を裏切らぬとの保証はない。丹波の波多野、三木の別所のようにな」

「…………」

黒田官兵衛が黙った。

「殺しはせぬ。ことが終わるまでおとなしくしていてもらう。連れていけ」

村重が兵たちに命じた。

荒木摂津守村重謀叛の報は、大きく天下を揺るがした。

「信長の狭量さに耐えられなくなった」

「無道な織田のやり方についていけなかった」

織田の寄騎として摂津を領し、大和、紀伊、越前と転戦を繰り返した村重突然の謀叛はいろいろな憶測を生んだ。

「荒木許さぬ」

十一月九日、信長は山崎に滝川一益、明智光秀ら率いる五万の兵を出し、まず有岡城の支城である高槻と茨木を囲んだ。

「決して打って出るな。適当に時機を見て城を開け」

最初から打ち合わせずみである。高槻城主高山友照の息子右近が事情を知らず勝手に動いて、オルガンティノ神父を通じ、信長と直接交渉するという予定外のこともあったが、十日足らずで高槻城、茨木城が降伏、日を置かずして大和田城、多田城、三田城も落ちた。

「とてもかなわぬ」

有岡城に籠もりながら、裏の工作を知らされていない陣借り牢人や三好の残党たちが脱走、二万近かった兵力が一万を割った。

「包囲を甘くしておけ。窮鼠猫を嚙むという。逃げ道がなければ、必死で抵抗する。それでは、こちらも被害を受ける。逃げたい者は逃がしてやれ」

信長は数万の兵で有岡城を囲んだが、城下を貫く街道の出入りは止めず、庶民や足軽たちの往来を認めていた。

「さあ、来い。義昭」

信長は罠の完成に笑った。

「なにもせぬというのもおかしいか」

小競り合いは何度かあったが、いかに堅固な有岡城を攻めるとはいえ、囲むだけでは世間への示しもつかない。

信長は十二月八日、攻撃を命じた。

「追い払え」

黙ってやられては意味がない。どちらも事情を知らない将兵たちが激突、織田の鉄炮隊が火を噴くなか、城壁での攻防が展開された。

結果は、織田方が二千ほどの犠牲を出して敗退した。

「ゆっくり攻めよ」

被害を聞いた信長は、力押しを止め、包囲戦に戻した。

「あとは任せる」

そうして信長はさっさと安土へと戻ってしまった。

「上様のお力添えを願いまする。是非にお出でいただきたく」

戦勝を記した手紙を村重は足利義昭に出し、出陣を求めた。

正月が明け天正七年（一五七九）、反応のない足利義昭に村重は催促をすることにした。

「負け戦に出たがる者はおらぬわ」

数倍の敵に囲まれての籠城は、他から見れば負け戦でしかない。負け戦に参加したいと思う者など、まずいなかった。

「吾が出る」

荒木家には勇将が何人もいたが、武功で村重にかなう者はなかった。

村重は五百の兵を率いて、城の北側を守る岸之砦から出撃、信長が築かせた加茂砦に夜襲をかけた。

加茂砦は信長の嫡男信忠が三千の兵とともに詰めていた。

「将の首を狙うな。砦を焼き、兵を蹴散らし、兵糧を奪え」

砦の西側へ火を放った村重は、織田方の将兵が右往左往するのをさんざんに蹴散らしたうえ、兵糧と馬を奪って引きあげた。

大将首を奪うわけにはいかない。将来織田に戻ったときの遺恨となる。

「摂津守、強し」

昨年十二月の戦いと、二度にわたって勝利を得た村重の評判はますます高くなった。

「今こそ、公方さまのお姿を」

ふたたび村重は、足利義昭を誘った。

しかし、二条御所、宇治槇島城、そして河内若江城と三度にわたり籠城戦での敗北を喫している足利義昭は動かなかった。

「勝つ気がないのか。臆病者めが」

勝利を褒め、そのままの勢いで信長を倒せとだけ命じてくる足利義昭に村重は嘆息した。

「坊主あがりの将軍にできることは、後ろで震えるくらいか。いっそ、朝廷に圧力をかけ、義昭から征夷大将軍の地位を奪うか」

村重からの報告を受けた信長もあきれはてた。信長は親しい公家、山科言継《ときつぐ》を通じて朝廷に打診した。

「征夷大将軍の地位を剝奪した前例はない」

しかし、朝廷も弱腰であった。朝廷や公家たちは、争い続けている両者の間をのらりくらりと渡り歩くことで生き延びてきた。一方に肩入れして、信長が敗れ、足利幕府が再興するようなことになったとき、どのようなしっぺ返しを受けるかわからないのだ。

「ええい、手がない。ならば、まずは他の連中からじゃ」

「丹波へ戻りまする」

軍勢を纏《まと》めて波多野氏攻略へと向かう明智光秀のように、諸将はそれぞれの持ち場へと移動、信長は有岡城を放置した。

籠城している村重を置いて、世間は動き続けた。

二月六日、羽柴秀吉による包囲で食糧不足に陥った三木城の別所長治は、二千五百の兵を率いて、秀吉の本陣平井山を急襲したが、撃退され、多くの将兵を失った。

五月には、羽柴秀長が三木城の東二里半（約十キロメートル）にあり、丹波や瀬戸内海からの交通を維持していた淡河《おうご》城を攻略、城主淡河弾正忠定範は城兵を率いて三木城へ逃げこんだ。

「八上城陥落」

五月下旬、ついに明智光秀が丹波の八上城を落とした。一時は丹波一国を掌握、国人領主たちとともに地の利を生かし、明智光秀を翻弄した波多野秀治だったが、城への出入りを押さえられては補給が続かない。

「勝ち目はない」

飢えた将兵が主君波多野秀治を売った。

「安土へ連れて行け」

波多野秀治とその一族は、信長の前に引き出されて首を討たれた。

「このままでは、もちませぬ。なにとぞ、将軍家の旗を有岡に」

八上城陥落の直後、三度《みたび》村重は足利義昭へ連絡をしたが、やはり返答は同じであった。

「毛利が援軍を出す。それまで耐えよ」

足利義昭は鞆から出ようとしなかった。


丹波が落ちたことで、三木城の謀叛の価値は薄れた。播磨の東部はふたたび信長の支配下となり、有岡城と毛利との連絡は途絶えた。

「これでは、意味がない」

村重は顔色を変えた。

「降伏という形で仕切直しを」

石山本願寺との連携も取れなくなっている。有岡城が反信長である意味はなくなった。村重は信長の策を遂行できぬとして、復帰を求めた。

「ならぬ。まだ手はある」

村重の願いを信長は拒んだ。

「崩れかけた戦場を支えるのこそ、将軍の威光であろう。より危機感をあおる。東播磨は吾が手におち、美作からの道は閉ざした。足利義昭が陸路で京へ出ることはできぬ。ならば、瀬戸内を使わせればいい」

足利義昭は、三好義継滅亡ののち、堺から船で備前鞆へと逃げた。その逆をさせればいいと信長が言った。

「有岡の城を捨てて、大物城へ移れ。目立つゆえ、家族や家臣どもは連れていくな」

織田によって包囲されている有岡城である。簡単に信長からの手紙は届く。

「……承知」

ここまできて、信長の指示に背《そむ》くわけにもいかない。

「久左衛門、残った者を頼む」

九月二日、側近だけを連れた村重は、夜陰に紛れて猪名川に身を沈め、有岡城を脱出、大物城へと入った。

大物城は瀬戸内に面してはいないが、海に繫がる大物川の畔《ほとり》にある。船を使えば、簡単に出入りができる。

村重の息子村次が守っているここも、織田の包囲を受けていた。

「今、お出で下さらねば、敗北しかございませぬ」

泣くような文書を村重は鞆へと出した。

「兵を揃えるまで待て」

足利義昭の返答は同じであった。

「どうやって始末をつけるおつもりか」

すでに裏切りを表明して一年になる。ここまで信長相手にがんばったのは、浅井くらいしかいない。主将が逃げ出した有岡城は事情を知らない将兵が折れ、内部から崩壊、陥落している。

「上様の妹婿の浅井でさえ許されなかった……」

村重の不安は大きくなった。

「自ら鞆へ出向き、足利義昭を討て。ここまで来たのだ。義昭もそなたに目通りを許そう。そのとき、懐中に忍ばせた短刀で……」

ついにしびれを切らした信長が、村重へ命じた。

「死ねと言われるか」

村重は反発した。鞆にいる足利義昭の周囲には毛利の警固が付いている。そんなところで襲いかかってもまず成功しない。たとえ、足利義昭を刺せても、村重はその場で斬り捨てられる。

「息子を重用してやる」

信長の言を村重は信用できなかった。

「誓書をいただきたい」

村重は確たる証《あかし》を求めた。

「余を信じられぬというか。ならば、こうしてくれるわ。余の命に従わねば、一族を殺す」

村重の態度に激怒した信長が、有岡城に残っていた村重や重臣たちの妻子を引きずり出し、大物城の前で磔《はりつけ》にした。

「なんということを」

目の前で一族を殺された村重は、憤《いきどお》った。が、すでに信長へ抗するだけの力はなかった。

「これが最後じゃ。鞆まで参り、足利義昭を討て。さすれば、息子に摂津一国をくれてやる」

村重が死ぬことが前提の条件を、もう一度信長が出してきた。

「妻子を殺され、吾も死ねというか。他人《ひと》の命を恣《ほしいまま》にするなど神でなければ許されぬ所行じゃ」

村重は怒りをそのまま文章にした。

「人をなんだと思っておる。生かすもの殺すも思うがままだというか。吾はおまえの傀儡《くぐつ》に非《あら》ず」

「滅ぼせ。一人たりとても逃がすな」

返書を見た信長が、秘事を隠すため根絶やしを宣した。

「やられるか」

花隈城は、もと鼻隈城と呼ばれていた。これは六甲山から流れ出た土砂が、瀬戸内に鼻のように突き出た形をしていたところに建てられていたためだ。さすがに、多少の地形は変化をしたが、三方を海に囲まれた堅固な造りである。どれほどの大軍でも、城を取り囲めなければ、そうそうに攻略はできない。

「こやつばかりにかかわってはおられぬわ」

信長は乳兄弟であり、もっとも信頼している池田紀伊守恒興の息子輝政を残し、石山本願寺攻めへと向かった。

「兵糧を」

大坂湾は信長の家臣となった九鬼水軍が支配しているが、花隈は瀬戸内に入る。瀬戸内を我がものにする村上水軍は、天正六年（一五七八）十一月、鉄甲船を擁した九鬼水軍との戦いでかなりの損害を受けたが、花隈に兵糧を届けるくらいはできた。

「見ているだけで落ちるわけなかろうが」

飯がある限り、兵の士気は落ちない。花隈城は抵抗し続けた。

「石山本願寺、開城」

花隈に衝撃が走った。

天正八年閏三月五日、正親町天皇の仲介という形を採ったが、石山本願寺は信長に降伏、四月九日には教祖顕如が紀州鷺森《さぎのもり》別院へと落ちた。

「石山本願寺が……」

兵たちの気持ちが崩れた。織田を押さえる最大の力だった石山本願寺が負けた。

「まずい」

士気をなくした城は弱い。村重は、なんとかして士気を回復させなければならぬと、出撃を決意した。池田輝政に痛撃を与えて、荒木は強いと見せつけなければならないのだ。

七月二日、近づいてきた池田輝政の軍勢を迎え撃つために城を出た村重たちは、大手門前で敵を蹴散らした。

「やったぞ」

勝利の酔いが兵たちを勢いづけた。

「……………」

勝利を得た後はすみやかに兵を退く。これが正解だとわかっていても、勝利でようやく上がった士気を維持しなければならない。村重は池田輝政の残兵狩りを黙認した。

「かかれっ」

そこへ輝政の兄池田元助と父池田恒興が駆けつけ、大手前で激戦になった。

「門を閉じよ」

出ている味方を見捨てることになるが、このままでは城が落ちる。村重の決断は正しかったが、すでに取り返しの付かない状況になっていた。

「大手門が破られましてございまする」

泣くような報告が村重のもとへ届いた。

「父上、もう、このうえは潔く腹を切って……」

息子村次が村重のもとへ自害を勧めに来た。

「いいや、死なぬ。吾がここで死ねば、信長が喜ぶ。吾《わ》がおこないの理由《わけ》を知る者がいなくなる。将軍殺しという非道をおこなおうとした信長の悪事をな」

強い口調で村重は宣した。

「では、天下にそのこと広く報せましょうぞ」

村次が暴露を求めた。

「それはできぬ」

弱々しく村重は首を左右に振った。

「なぜでござる。天下に信長を糾弾してやれば……」

「そうすれば我らも将軍殺しの一味と白状することになる。強いられたとはいえ、一度は信長の策に従ったのだ。荒木の一族も悪人として天下に知られる」

「そのていど……」

村次が反抗しようとした。

「吾はいい。わかっていてやったからな。だが、有岡城から逃げた久左衛門たちはどうする」

後事を託した池田久左衛門重成ら事情を知る者は、信長に捕まることを怖れ、有岡城を脱し、潜伏していた。

「策で早くに信長へ降《くだ》った高山、中川もだ」

事情を知りながら芝居をしていたとなれば、高山重友、中川清秀も非難を避けられない。

「…………」

村次が言葉を失った。

「天下に報せずともよいのだ。吾が生きている。それだけで、信長は安息できぬ。いつ吾がことの次第をばらすかと怖れながら、生きていかねばならぬ。将軍殺しを松永弾正、吾にさせ、どうしても避けたかった悪名だけではない。吾がすべてを明らかにすれば、家臣をそのために使い捨てようとしたことも明らかになる。吾も松永弾正も織田にとって譜代ではなく降将だ。使い潰されるとわかって信長に従う者などおるまい。滅ぼされるまで抵抗する。一つ一つ潰して回らなければならないとなれば、信長の天下は遠くなる。それを信長はもっとも怖れよう」

村重は信長のことを理解していた。

「ゆえに、吾は死なぬ。逃げるぞ。家族も家臣も見捨てた吾だ。今さら腹切ったところで名前は地に落ちている。最期だけ潔かったなと言われるよりは、穢《きたな》く生きて、信長を脅かすほうを選ぶ。行くぞ」

村重は村次をうながして、花隈城から落ち延びた。

花隈城の落城から二年、天正十年（一五八二）六月二日未明、京本能寺において信長は明智光秀の謀叛を受けて討ち死にした。

「吾の後を光秀どのにさせようとしたな、信長め」

隠遁先の尾道《おのみち》で報を聞いた村重は、本能寺の変の理由を悟った。信長に従って足利義昭追放に加わった過去があるためか、村重は鞆での滞在はもとより義昭への目通りも認められなかった。

「光秀どのは、もともと将軍義昭公の家臣。義昭公との縁も深い。そして光秀どのも、織田の譜代ではない」

村重は信長がなにをしたかを見抜いていた。

「光秀どのが裏切ってもおかしくないように、いろいろと策を弄したのだろうな。信長は。だが、最後を読みまちがった。光秀どのは決して将軍殺しのできるお方ではない。あのお方は律儀、朝廷や幕府の権威をないがしろにするお方ではない。吾のように脅しに屈することはない」

自らの失敗を村重は嘲笑《あざわら》った。

「将軍殺しを避けるために、主殺しを選んだか。光秀どのも覚悟したようだ。決して生き延びようとはされまいよ」

村重は光秀をよく知っている。息子を通じて二人は近い姻戚であったのだ。

「傀儡使いのつもりだった信長が、人形に裏切られて死んだ。さて、誰が後を継いで、新たな傀儡使いになるのだろうな」

もう天下にかかわることはない。

傀儡使いの手から離れた人形は、二度と舞台に戻ることはできなかった。

信長が死んだ今、摂津に轟いた村重の武名も、将兵や家族を捨てて逃げた悪名も、もうどうでもよかった。それよりも己の思うがままに過ごせる日々が、愛しかった。

「一服点《た》てるか」

村重は淡々とした顔で、炉へ火を入れた。

「今日も暑くなりそうだ」

松籟《しょうらい》を立て始めた茶釜を見つめながら、村重は独り呟《つぶや》いた。

この作品は2016年3月徳間書店より刊行されました。

徳間文庫

傀儡《くぐつ》に非《あら》ず

2019年3月15日　初刷

著者　上《うえ》田《だ》秀《ひで》人《と》

発行者　平野健一

発行所　株式会社徳間書店
東京都品川区上大崎三-一-一
目黒セントラルスクエア　〒141-8202

電話　編集〇三(五四〇三)四三四九
　　　販売〇四九(二九三)五五二一

振替　〇〇一四〇-〇-四四三九二

印刷
製本　大日本印刷株式会社

ISBN978-4-19-894448-3

上田秀人「織江緋之介見参」シリーズ

第一巻
悲恋《ひれん》の太刀《たち》

天下の御免色里、江戸は吉原にふらりと現れた若侍。名は織江緋之介。剣の腕は別格。彼には驚きの過去が隠されていた。吉原の命運がその双肩にかかる。

第二巻
不忘《わすれじ》の太刀《たち》

名門譜代大名の堀田正信が幕府に上申書を提出した。内容は痛烈な幕政批判。将軍家綱が知れば厳罰は必定だ。正信の前途を危惧した光圀は織江緋之介に助力を頼む。

第三巻
孤影《こえい》の太刀《たち》

三年前、徳川光圀が懇意にする保科家の夕食会で起きた悲劇。その裏で何があったのか――。織江緋之介は光圀から探索を託される。

第四巻
散華《さんげ》の太刀《たち》

浅草に轟音が響きわたった。堀田家の煙硝蔵が爆発したのだ。織江緋之介のもとに現れた老中阿部忠秋の家中は意外な真相を明かす。

第五巻
果断《かだん》の太刀《たち》

徳川家に凶事をもたらす禁断の妖刀村正が相次いで盗まれた。何者かが村正を集めている。織江緋之介は徳川光圀の密命を帯びて真犯人を探る。

第六巻
震撼《しんかん》の太刀《たち》

妖刀村正をめぐる幕府領袖の熾烈な争奪戦に織江緋之介の許婚・真弓が巻き込まれた。緋之介は愛する者を、幕府を護れるか。

第七巻
終焉《しゅうえん》の太刀《たち》

将軍家綱は家光十三回忌のため日光に向かう。次期将軍をめぐる暗闘が激化する最中、危険な道中になるのは必至。織江緋之介の果てしなき死闘がはじまった。

新装版全七巻

徳間時代小説文庫 好評発売中

上田秀人「お髷番承り候」シリーズ

一 潜謀《せんぼう》の影《かげ》

将軍の身体に刃物を当てるため、絶対的信頼が求められるお髷番。四代家綱はこの役にかつて寵愛した深室賢治郎を抜擢。同時に密命を託し、紀州藩主徳川頼宣の動向を探らせる。

二 奸闘《かんとう》の緒《ちょ》

「このままでは躬は大奥に殺されかねぬ」将軍継嗣をめぐる大奥の不穏な動きを察した家綱は賢治郎に実態把握の直命を下す。そこでは順性院と桂昌院の思惑が蠢いていた。

三 血族《けつぞく》の澱《おり》

将軍継嗣をめぐる弟たちの争いを憂慮した家綱は賢治郎を密使として差し向け、事態の収束を図る。しかし継承問題は血で血を洗う惨劇に発展——。江戸幕府の泰平が揺らぐ。

四 傾国《けいこく》の策《さく》

紀州藩主徳川頼宣が出府を願い出た。幕府に恨みを持つ大立者が沈黙を破ったのだ。家綱に危害が及ばぬよう賢治郎が目を光らせる。しかし頼宣の想像を絶する企みが待っていた。

五 寵臣《ちょうしん》の真《まこと》

賢治郎は家綱から目通りを禁じられる。浪人衆斬殺事件を報せなかったことが逆鱗に触れたのだ。事件には紀州藩主徳川頼宣の関与が。次期将軍をめぐる壮大な陰謀が口を開く。

徳間文庫の好評既刊

上田秀人

禁裏付雅帳五

混《こん》　乱《らん》

書下し

　錦市場で浪人の襲撃を受けたものの、なんとか切り抜けた東城鷹矢。老中松平定信から下された密命が露見し、刺客に狙われたのだった。禁裏の恐ろしさを痛感した鷹矢は、小細工をやめ正面突破を試みるが……。かつてない危機が鷹矢を襲う！

上田秀人

禁裏付雅帳六

相《そう》　嵌《かん》

書下し

　近江坂本へ物見遊山に出かけてはどうか。武家伝奏の提案に、禁裏付の東城鷹矢は困惑した。幕府の走狗である自分を嵌める罠に違いない。しかし、敵の出方を知るにはまたとない機会――。刺客と一戦交える覚悟で坂本に向かった鷹矢の運命は!?